L'appel de Clara

©2021. EDICO
Édition : JDH Éditions
77600 Bussy-Saint-Georges. France
Imprimé par BoD – Books on Demand, Norderstedt, Allemagne

Illustration et conception couverture : Cynthia Skorupa

ISBN : 978-2-38127-107-1
Dépôt légal : février 2021

Le Code de la propriété intellectuelle n'autorisant, aux termes de l'article L.122-5.2° et 3°a, d'une part, que les copies ou reproductions strictement réservées à l'usage privé du copiste et non destinées à une utilisation collective, et d'autre part, que les analyses et les courtes citations dans un but d'exemple et d'illustration, toute représentation ou reproduction intégrale ou partielle faite sans le consentement de l'auteur ou ses ayants droit ou ayants cause est illicite (art. L. 122-4).

Cette représentation ou reproduction, par quelque procédé que ce soit constituerait une contrefaçon sanctionnée par les articles L. 335-2 et suivants du Code de la propriété intellectuelle.

Cécile Ducomte

# L'appel de Clara

JDH Éditions
*F-Files*

À Maël, Clément et Héloïse, mes trois enfants qui me poussent à considérer l'avenir avec amour, conscience et respect.

À tous ceux et celles qui œuvrent pour le bien de l'humanité en préservant notre belle et si précieuse planète.

*Les rêves sont faits pour nous préparer aux réalités que nous aurons à affronter.*

*Le 15 août 2018, j'ai accueilli la vision d'un avenir commun envisageable.*

*La magie du rêve m'a offert l'espoir de voir éclore ce monde utopique. Je me propose de le partager avec vous.*

# 1

# Dans la nuit du 15 août 2018, quelque part dans l'espace

— Bienvenue à vous ! Je suis très heureuse d'avoir réussi à vous réunir dans un espace-temps commun. Cela n'a pas été simple, car j'ai d'abord dû vous localiser, et surtout bien m'assurer que chacun de vous bénéficie de toutes les qualités nécessaires pour revenir de cette aventure.

Cette voix féminine inconnue, douce et harmonieuse semblait être sortie de nulle part.

— Vous avez pris place à bord d'une fusée non conventionnelle et vous avez été sélectionnés pour effectuer un voyage spécial. L'expérience qui se présente à vous s'annonce périlleuse, je ne vous le cache pas, mais également passionnante et surtout unique. Vous allez devoir faire face à une série de tests, pendant lesquels vous aurez encore le choix de renoncer. Si vous réussissez à évoluer à travers ces épreuves, vous serez alors confrontés à un choix décisif, qui pourra, si vous le souhaitez, vous donner accès à un Nouveau Monde. Mais je crains de vous en avoir déjà trop dit… Je n'ajouterai donc rien de plus et je ne répondrai à aucune de vos éventuelles questions. Celle qui vous a appelés m'a priée de garder le mystère sur ce qui vous attend là-bas.

Aussitôt cette dernière phrase prononcée, le silence devint absolu. Réalisant avec surprise que je n'étais plus allongée confortablement dans mon lit, mon attention se mit en alerte sans attendre, afin de tenter de comprendre rapidement ce qui m'arrivait et ainsi parer à toute éventualité.

Malgré sa belle détermination affichée de ne plus rien révéler, la femme inconnue reprit la parole au bout de quelques instants :

— Vous êtes actuellement recroquevillés sur vous-mêmes, dans le noir. Vos yeux sont fermés. Tout va bien : vous êtes à l'abri. Ce que vous allez découvrir à partir de maintenant n'appartiendra qu'à vous, et personne ne pourra même l'imaginer. Lorsque vous serez pleinement conscients, vous pourrez commencer à vous réveiller, en douceur. Surtout, ne faites aucun geste brusque ! Les maîtres-mots ici sont la délicatesse, le calme et la maîtrise de soi. D'ici peu, vous pourrez percevoir un peu de lumière, et cette aube naissante se transformera vite en une lumière plus intense. Je tiens à vous offrir des conseils qui se révéleront sûrement précieux : n'oubliez pas qui vous êtes ni d'où vous venez, et surtout, ne doutez jamais de vous. Ce n'est pas un hasard si vous vous trouvez ici.

Le léger bruit de fond qui accompagnait ses paroles disparut avec son dernier mot. J'en conclus qu'elle avait fini de parler. Une multitude de pensées m'assaillirent :

Où étais-je ? Qui était celle qui nous avait conviés si cavalièrement ? Pourquoi m'avait-elle choisie, et surtout, dans quel objectif ? Combien étions-nous ? Parviendrais-je à me détendre comme la situation semblait l'imposer ? Quels pourraient être les risques à ne pas suivre ses conseils ? Devais-je tenter de fuir ? Je balayai vite cette idée de mes possibilités : je ne savais même pas où je me trouvais, et surtout, sortir d'une fusée pouvait s'avérer quelque peu insensé. Et surtout pour aller où ? Je me mis finalement à sourire franchement, pensant que tout cela ne devait être qu'une vaste blague. Je félicitai intérieurement l'auteur de cette scène, certainement issue d'un esprit très créatif.

Je décidai tout de même d'entrer dans le scénario. Je m'imaginai dans cette « fusée non conventionnelle », comme l'avait indiqué la femme qui s'était adressée à nous. Mais quelle idée ! Je n'étais certainement pas une astronaute, et mes connaissances dans le domaine spatial restaient très limitées, voire inexistantes. Même si les ciels étoilés, avec leurs nombreuses constellations, ont toujours représenté une source intarissable d'observations passionnées de ma part, l'idée de me retrouver enfermée au sein de l'espace, sans possibilité de sortie, entourée d'inconnus dont le seul point commun connu entre nous était d'avoir été sélectionnés pour cette aventure apparemment palpitante, me plongea dans un état de sidération. Mais comme toujours, l'envie de rire prima. La dame n'avait rien précisé qui puisse nous permettre de nous situer dans l'Univers, ni même dans le temps, comme si ces éléments de repères spatio-temporels n'avaient pas d'importance ici.

Mon corps, que je perçus enfin, était effectivement couché en position fœtale, à même le sol. Il semblait avoir bénéficié d'un sommeil paisible et récupérateur, qui se prolongeait un peu. Mes poumons assuraient une respiration régulière et profonde, signe que j'émergeais lentement. J'ouvris enfin les yeux. Une obscurité totale régnait, ce qui confirma que cette information-là était vraie. Je tentai de m'asseoir, mais apparemment un peu trop rapidement, car ma tête tourna, m'indiquant de ralentir. Je restai donc immobile quelques secondes, en me remémorant les paroles entendues un peu plus tôt :

« *Les maîtres-mots ici sont la délicatesse, le calme, et la maîtrise de soi.* »

Le calme n'étant pas ma qualité première, m'asseoir avec lenteur imposa justement ce premier effort de maîtrise de moi-même. Dès que j'y parvins, je fus immédiatement saisie par le manque d'appui de mon corps contre l'intérieur de cet engin intersidéral. Aussi étonnant que cela puisse paraître, je lévitais ! J'eus une vision de moines tibétains, assis en tailleur, méditant profondément, à quelques centimètres du sol. J'étais en réalité dans leur position, mon derrière ne reposant sur rien lui non plus. Je me balançais lentement, bercée par des mouvements doux et cadencés. Je flottais dans un état de bien-être profond. L'obscurité qui m'entourait me permit de vivre pleinement ce moment suspendu dans le temps, sans interférences visuelles ou auditives. Quels types d'événements allais-je devoir affronter ? Devrais-je quitter prochainement cet état d'abandon si agréable ?

Je compris en cet instant que je me trouvais entre deux mondes, la réalité et l'imaginaire, dans un état de conscience modifiée. Un nouveau rêve lucide se présentait à moi. Cela ne me surprit qu'à moitié, étant habituée à faire des songes riches et passionnants, parfois cocasses, parfois aussi stressants, voire terrifiants, mais aussi, pour certains d'entre eux, porteurs de messages d'amour universel et de paix. Rêveuse invétérée depuis mon plus jeune âge, ce langage m'était familier. Je me retrouvais dans une situation similaire à mon dernier voyage onirique particulièrement marquant, à savoir : une personne parle, guide et je l'écoute.

Quelques mois plus tôt, en effet, Adèle, si belle et pétillante, était venue à ma rencontre par le biais de nos esprits, au beau milieu d'une nuit d'hiver. Elle m'avait alors fait découvrir le parcours de ses ancêtres grâce à des bonds dans le futur, dont la dernière escale nous avait conduites chez elle, dans son présent si lointain pour moi. Tous les membres de sa famille avaient mené un combat ou prôné une philosophie de vie. Ils avaient œuvré, leur vie durant, à défendre des valeurs qui leur étaient chères, telles qu'un attachement fort à la nature, aux autres, aux animaux, mais aussi le partage, la culture, la communication tant verbale que non verbale. Ils avaient été la voix de ceux qui n'en avaient pas, ou ceux dont elle n'était pas suffisamment considérée. Tout au long de cet incroyable rêve futuriste, je m'étais placée en spectatrice attentive, et même privilégiée. Je n'ai réalisé tout ce qu'il s'était passé qu'une fois revenue à la réalité de ma vie. La beauté des messages véhiculés cette nuit-là avait fait germer dans mon cœur deux merveilles : l'espoir et la sérénité.

J'entrepris une exploration plus minutieuse de mon corps. Ma première surprise concerna mes mains, étonnamment gantées. Cet obstacle imprévu à mes sensations me perturba un peu, mais ne m'empêcha pas de continuer mes tâtonnements légers et furtifs. Mon bras gauche était bien présent, enserré dans un carcan solide et gonflé d'air. C'était également le cas de mon bras droit, mais aussi de mon torse, mon ventre, mes jambes et mes pieds. Mon visage, lui, était inséré dans une bulle de verre. Je ne pouvais donc pas l'atteindre. Je trouvai vite une sorte de cordon qui aboutissait à ma nuque. Il ne me fallut que quelques secondes pour découvrir la provenance de celui-ci : il était relié à une bouteille en fer volumineuse, rangée dans un grand sac, lui-même solidement fixé au dos de mon costume qu'il recouvrait jusqu'à mes reins.

— Mais bien sûr, me dis-je, cette bouteille doit être ma réserve d'oxygène !

Ce constat me plaça face à une première épreuve, qui accaparait désormais toutes mes pensées : ce cordon que je touchais fébrilement me rappela que je risquais de manquer d'oxygène, ce précieux gaz diatomique garant de ma survie. Cette sorte d'engin spatial dans lequel je me trouvais, en plus d'être peut-être perdu dans l'espace, n'était apparemment pas habitable…

Une main vint toucher ma jambe droite, ce qui me fit sursauter, tout en me confirmant que nous étions bien plusieurs. Une des informations les plus importantes se vérifia. Je me sentis moins seule et je touchai la main en réponse. Un rai de lumière providentiel fut reçu comme un cadeau inespéré. Ma vue renaissante ne put toutefois distinguer le nombre exact de passagers. Nous étions tous des scaphandriers très volumineux. Les bulles qui entouraient nos visages étaient parfaitement transparentes en ce qui concernait notre vision, mais elles masquaient nos visages d'un voile de fumée nous empêchant de les distinguer. Ce qui était sûr, en revanche, à voir notre apathie partagée, c'était que nous semblions tous sonnés, comme si nous étions encore un peu endormis.

La lumière devint de plus en plus intense, jusqu'à nous éblouir. Plissant légèrement les yeux, je pus cette fois nous compter et mieux nous détailler. Nous étions sept : je faisais partie des trois plus petits, trois autres m'impressionnèrent par leur grande taille, et un seul était de taille moyenne. Heureux de ne plus être seuls, nous ne sentîmes pas les premières secousses, faibles et discrètes. Nos pieds touchant maintenant le sol, nous pouvions désormais entrer en action. Ce contact avec le sol signa la fin de notre lévitation et de notre introspection. Les secousses, de plus en plus intenses, finirent par nous déstabiliser. Nous cherchions un point d'appui pour ne pas tomber.

Une image de métro toulousain bondé, que j'empruntais souvent lors de mes études, et même après lors de mes virées dans la ville rose, me vint en mémoire. Debout, m'accrochant tant bien que mal au poteau central entre toutes les autres mains, ballottée entre les usagers, je reconnus cette perte d'équilibre et l'ancrage au sol nécessaire afin de rester en position verticale. Je me souvins même avec amusement de la fois où, moins attentive que d'habitude, j'avais fini dans les bras d'un étudiant, qui m'avait évité une chute lors d'un freinage brutal. Nos rires, spontanés, avaient fini par contaminer les autres passagers.

Cette scène-là était pourtant bien différente. Dans le métro, ce qui me plaisait, c'était d'observer la diversité des gens, tant dans leur style vestimentaire que dans leur apparence, leur langue parfois, ou même dans leur attitude face à l'attente. Dans cette promiscuité, plusieurs profils se dessinaient. De la personne timide et effacée aux lecteurs passionnés et imperturbables, en passant par le rentre-dedans parfois un peu lourd, ou bien la personne impatiente qui se rongeait les ongles en râlant : je ne m'ennuyais jamais. Certains usagers cherchaient très vite des interactions avec les autres, alors que d'autres semblaient attendre que le temps passe sans se préoccuper de la vie autour d'eux. Pour ma part, je faisais souvent partie des pressés ou retardataires, les yeux rivés sur ma montre, inquiète à l'idée de louper ma correspondance. Je m'adonnais souvent à des calculs savants pour évaluer les minutes, les secondes et même le nombre de pas qui me séparaient du départ de mon train. J'étais toujours surprise par la présence de personnes âgées, qui s'imposaient de partager notre stress, alors qu'elles n'étaient pas soumises à des contraintes horaires. Je ne compris que bien plus tard que ces inconvénients tels que rester debout et être bousculé étaient largement compensés par le plaisir de faire partie de cette humanité. J'étais admirative devant ces mamans virtuoses, qui parvenaient à trouver un emplacement pour la poussette tout en gérant l'enfant qui ne voulait pas rester dedans, et les sacs de courses remplis de denrées parfois fragiles. Avec mes camarades de promotion, qui me rejoignaient au gré du déroulement des stations de ce métro qui nous amenait à la faculté, nous prenions souvent ces déplacements imposés comme une pause dans nos journées. Nous riions parfois un peu bruyamment à l'évocation de notre horoscope, inséré à la fin d'un journal gratuit. Ces deux ou trois lignes par signe nous annonçaient parfois une journée riche en rebondissements et en surprises, mais le plus souvent, l'un des signes nous prédisait une journée où nous aurions mieux fait de rester au lit ! C'était très souvent le mien, ce qui me faisait penser que le rédacteur de ces horoscopes facétieux devait en vouloir à quelqu'un de mon signe.

Je me souvins aussi d'une autre anecdote tant marquante qu'amusante, toujours en leur compagnie. Par une froide matinée d'hiver où les mines étaient pour la plupart blasées et maussades, nous nous sommes regardés malicieusement. L'un d'entre nous, le plus audacieux, entonna un chant d'amour en occitan. Nous ne tardâmes pas à chanter avec lui, étoffant ainsi ce chant traditionnel de cinq voix supplémentaires. Après s'être assurés que nous n'étions pas fous, les autres usagers ne virent en réalité qu'une grande joie communicative afin de réchauffer l'atmosphère glaciale. Ils nous applaudirent longtemps et exigèrent même un bis, que nous leur offrîmes de bon cœur.

Ici, pourtant, nous n'étions pas dans le ventre de la Terre, mais bien plus haut, dans le ciel. Nous étions tous équipés d'un scaphandre gris clair, uniforme et assez volumineux, qui ne nous permettait de nous différencier que par notre taille. Contrairement aux usagers du métro, qui allaient d'une destination connue à une autre en sachant pourquoi, nous ne savions pas où nous menait cette fusée, ni surtout dans quel but.

Brusquement, les secousses se firent tellement violentes que nos corps se heurtèrent plusieurs fois les uns aux autres. Je devinai les cris muets des autres mêlés aux miens. Mes yeux se portèrent sur celui qui, le premier, fut propulsé vers le plafond de la fusée. Ses membres semblaient apprivoiser son nouveau milieu aérien. Ses bras bougeaient avec tant de légèreté qu'il semblait nager, nous faisant douter de l'absence d'atmosphère. Il nous invita d'un geste à le rejoindre. Nous étions désormais tous des êtres volants, ivres de liberté, dans l'euphorie de l'apesanteur. Comme si nous partagions la même pensée, nous ressentîmes instantanément le besoin de nous rapprocher. Nos mains gantées et maladroites, après avoir tâtonné, se lièrent les unes aux autres. Nous formions une chaîne qui, une fois fermée, dessina un cercle parfait. Épaules contre épaules, mains dans les mains, nous regardions le sol avec émotion, même si nous étions un peu bousculés par des soubresauts de plus en plus violents. Nous nous sentions attirés vers une porte de sortie, que nous ne pouvions actuellement qu'imaginer.

D'où venait cet appel ? Et vers quoi ?

Quelques mois plus tôt, avec Adèle, j'avais appris à ne plus me poser trop de questions et simplement vivre ce qui devait être vécu, sans me laisser parasiter par mon ancrage dans ma réalité ou par la recherche de repères rassurants. Je décidai, à partir de là, d'agir de même, peu importait où devait me mener ce périple.

# 2

# Épreuves du passage

Toujours en apesanteur près du plafond de cette fusée, nous volions encore, malmenés par des secousses de plus en plus rapprochées et inquiétantes. À travers mon costume, je sentis un léger souffle tiède couler sur mon cou. Il se diffusa ensuite sur tout mon corps, traversant miraculeusement mon scaphandre pour me caresser de la tête aux pieds. Se focalisant au-dessus de mon dos, il me poussa lentement vers le plancher de la fusée. J'observai celle-ci vraiment pour la première fois. Sa forme arrondie n'offrait aucun angle, ce qui était assez curieux. Autre aspect étrange : aucune cloison ne séparait la fusée en plusieurs pièces. Il n'y en avait en réalité qu'une seule, immense et spacieuse. Ce qui m'intrigua encore davantage, c'étaient ses nombreuses fresques murales formant des spirales argentées et colorées. J'y perçus une sorte d'écriture imagée, formant un langage que j'aurais aimé comprendre. Un instant fugace, j'eus la sensation que nous nous trouvions dans une sorte de soucoupe volante, enlevés par des extraterrestres qui nous auraient invités sur leur planète. Je rangeai vite cette idée dans un coin de mon imagination débordante. Des extraterrestres qui viendraient nous kidnapper en pleine nuit durant notre sommeil ? Même si cette idée me parut farfelue et un peu délirante, elle eut le mérite de me distraire.

Un point lumineux clignota sur le plancher, devenant de plus en plus brillant. Il monopolisa immédiatement nos regards. Nous le fixions, pleins d'espoir, nous attirant vers lui, dans un élan un peu brusque.

Nous restions unis et serrés, comme pour conjurer notre peur de nous retrouver seuls dans cet endroit inconnu et mystérieux. Nous formions à nous sept une seule et même équipe soudée.

La brise naissante et douce se transforma vite en un vent puissant qui nous sépara assez violemment. Nous ne pouvions plus lutter : il était bien plus fort que nous ! Celui-ci dirigea ensuite chacun d'entre nous vers une fissure trouant légèrement la paroi décorée et qui lui semblait destinée. Je pouvais détailler la mienne, qui formait une très jolie clé de sol dorée. Une clé de sol… La plus connue de toutes les clés musicales et ma préférée, plus esthétique et élégante dans ses formes à mon goût que la clé de fa ou celle d'ut. Je me revis expliquant à mes jeunes élèves, la découvrant pour la première fois sur une partition, son rôle sur une portée :

*— Une clé, sur une portée de cinq lignes, sert à nommer les notes. Sans clé au début d'une partition, les notes ne veulent rien dire. Ce sont juste des points placés sur des lignes ou interlignes, perdus et sans nom. La clé, qui peut porter le nom de clé de sol, clé de fa ou clé d'ut, sert de décodeur. Sa présence est donc indispensable afin de pouvoir dire le nom des notes et les retrouver sur la portée. La portée, elle, comme son nom l'indique, sert à porter les notes. Elle est toujours constituée de cinq lignes, mais nous pouvons rajouter autant de petites lignes que nous voulons au-dessus ou même en dessous de celle-ci. Cela vous paraît un peu compliqué, et c'est bien normal, mais nous allons apprendre ensemble à apprivoiser ce langage magnifique qui est celui de la musique.*

Cette clé n'était pas là par hasard… J'étais sûre qu'elle m'ouvrirait une porte, elle aussi. Elle était libre, celle-ci, et couleur or, brillante, alors que sa couleur habituelle est le noir. Je lui trouvai un charme certain et je me décidai à l'appeler « jolie clé du soleil », tant sa couleur lumineuse me fit penser à cet astre puissant et qui rend possible la vie sur

Terre grâce à son énergie thermique lumineuse. Par la boucle supérieure de la clé, j'entrevis un peu de lumière, à peine perceptible, provenant de l'autre côté. Étions-nous en train de nous rapprocher d'une terre connue ?

La fusée se stabilisa enfin, ce qui me permit de me dresser sur mes pieds.

Je regardai ma clé de sol et une appréhension surgit aussitôt dans mes pensées. Vu sa petite taille, s'il fallait la traverser, ce que je pressentais, il était impossible d'imaginer que le volume de mon corps, lesté en outre de ce sac-carapace, parvienne à se glisser dans l'une des boucles… Je m'immobilisai, afin de tenter d'évaluer la situation : même en parvenant à étirer la boucle supérieure à son maximum, je prenais le risque de rester bloquée, voire aplatie. Bloquée dans une clé de sol ? Cela m'aurait fait sourire si ma claustrophobie n'avait pas refait surface au même moment dans mon esprit et dans mon corps. Je tentai de me calmer, me cherchant des raisons d'espérer. Je m'adressai spontanément à moi-même :

*Arrête de trembler comme ça, il faut faire preuve de courage et ne pas faiblir ! Ne pense pas au pire et essaie de gérer cette peur d'être enfermée ou coincée, qui te tourmente depuis ta plus tendre enfance. Peut-être cette situation a-t-elle pour objectif de t'aider à te surpasser et affronter cette appréhension ?*

Le souffle, que j'avais oublié, revint avec force et me souleva. Il me dirigea rapidement vers ma sortie espérée. L'heure n'était apparemment plus à l'hésitation, mais à l'action. Arrivée devant elle, je la vis changer de forme pour devenir une petite porte, qui s'élargit, puis s'allongea vers le haut progressivement. Je ne pouvais toutefois pas en franchir le seuil, même à genoux. J'avais l'impression d'être une géante qui voulait fuir, dans un monde devenu trop petit pour moi. Quelle ironie du sort ! Je me mis à parler à voix haute ce coup-ci, me faisant surprendre par la résonance à l'intérieur de mon casque :

— Ce n'est pas possible que je passe par cette minuscule porte, avec mon costume énorme en plus…

Comme si mes craintes avaient été perçues, la porte s'agrandit encore, jusqu'à atteindre une taille humaine. J'appuyai sur la clé et la porte s'entrouvrit, me laissant suffisamment de place pour passer de l'autre côté, où la pénombre dominait, contrairement à ce que j'avais imaginé. Mes pensées tambourinèrent dans mon cerveau, de manière tyrannique :

*Te voilà face à un choix : reculer ou avancer ? Laisse venir ton intuition et suis-la !*

Mon intuition, prenant le relais de mes raisonnements, me dicta d'avancer, mais prudemment. Au bout de quelques pas, je me retrouvai perdue, dans le noir et le silence complet. Heureusement, en tâtonnant, je touchai rapidement deux murs de chaque côté de moi. Des repères dans un monde ténébreux. Il ne me restait plus qu'à avancer en ne quittant pas leur contact. Je fermai les yeux, afin de percevoir différemment mon nouvel environnement. Je lançai des appels à l'aide, espérant être entendue par quelqu'un :

— Y a-t-il quelqu'un ? Je ne sais pas où je suis, et j'aimerais vraiment sortir de là !

Comme en réponse, je sentis deux mains me toucher les épaules, avec douceur. Elles m'apportèrent une impression de chaleur qui me poussa à continuer. J'imaginai une personne aimante à côté de moi venant m'accompagner. J'ouvris enfin les yeux. Une lumière bleutée, seule clarté dans ce monde ténébreux, m'enveloppa et m'apporta un sentiment de réconfort bienvenu. Sa beauté et sa douceur envoûtante, de l'ordre du divin, en contraste avec la pénombre et la dureté de ce passage, ainsi que la présence bienveillante que je sentais encore à côté de moi, me poussèrent à poursuivre mon avancée dans l'inconnu. Je me dirigeai en confiance vers la lumière bleue, déterminée à découvrir ce qu'il y avait au bout du couloir.

Soudain, alors que mes pas devenaient de plus en plus assurés, je fus aspirée. Mes pensées, une nouvelle fois, vinrent frapper ma conscience :

*Être aspirée dans l'espace, hors de ce vaisseau ? Mais pourquoi ? Quel est le but de tout cela ?*

La voix féminine revint, claire et timbrée, effaçant peu à peu mes pensées pessimistes.

— Mais laisse-toi porter un peu ! Pour une fois dans ta vie, laisse-toi aller. Cesse de te tourmenter avec toutes tes questions ! De quoi as-tu peur ? C'est si agréable de voler ! Je sais que c'est difficile pour toi, mais ne t'accroche pas à tes certitudes et laisse de côté ta méfiance. Rien n'est rationnel, ici. Je suis sûre d'ailleurs que cette idée te plaît. Crois-moi, tu as fait le plus dur. Cependant, tu peux encore choisir de renoncer. Tu es la seule à pouvoir maîtriser la suite des événements. Écoute-moi bien : je vais te poser une seule question, et tu devras me répondre du fond de ton être...

Après avoir laissé passer un court instant, elle prononça d'une voix forte :

— Veux-tu prolonger ce voyage ? Ou, au contraire, veux-tu retourner dans la sécurité de ton lit ?

Plus que jamais, je souhaitais de tout mon cœur découvrir ce qui m'attendait là-bas. D'une voix assurée, je répondis :

— Je veux continuer ce voyage ! Je ne désire plus que cela !

— Alors, maintiens tes efforts et ne lâche rien ! Tu es presque au bout. Suis la lumière, elle va te guider. Nous comptons sur toi !

Cette fois, je ne pouvais plus reculer.

Le vol ne dura pas longtemps. J'atterris vite avec une légèreté infinie sur un sol moelleux, comme cotonneux. Je m'imaginai allongée sur un nuage. Je m'assis, regardant le ciel, extraordinairement étoilé. Je ne pouvais plus quitter des yeux les nombreuses constellations se dessinant au-dessus de ma tête. Je reconnus même la Grande Ourse et la Petite Ourse, me remémorant comment j'avais appris à mes enfants, les soirs d'été, à les reconnaître. Je me rappelai aussi comment mes parents me l'avaient enseigné lorsque j'étais moi-même une enfant. Juste pour vivre cette observation teintée de nostalgie, mais sublime, je ne regrettai pas mon choix d'avoir continué.

Je ne remarquai pas tout de suite la présence d'une porte, de taille normale cette fois, entièrement recouverte de végétation sauvage et indisciplinée. En la voyant, je me demandai ce qu'elle faisait là. Elle semblait tout droit descendue du firmament ! Puis je me souvins que rien n'était logique ni même cohérent, ici. Elle flottait, oscillant légèrement dans une sorte de danse bien rythmée. Elle descendit ensuite lentement, jusqu'à se planter à quelques mètres de moi. Une inscription minuscule était écrite dessus. La forme des lettres, très originale, dessinant une série de symboles alambiqués et raffinés, me donna envie de les déchiffrer. Curieuse, je m'approchai de plus en plus de cette issue tant espérée. Je pus lire son message, finalement compréhensible, dissimulé entre le lierre envahissant et un rosier grimpant sauvage. Voici ce qui était écrit :

*« En franchissant mon seuil, vous entrerez dans un Nouveau Monde. »*

Ainsi, toute cette traversée m'avait menée vers cette porte magique. Je posai ma main sur la poignée et je franchis avec détermination le seuil de ce Nouveau Monde, prête à le découvrir.

Instantanément, toutes mes appréhensions disparurent. Je ressentis au fond de mon âme une grande paix intérieure, un bonheur indicible de vivre, et même une sensation d'accomplissement. La lumière devint très puissante et enveloppante. Dans cet espace lumineux et sécurisant, je m'endormis profondément, assommée de fatigue et d'émotions.

Je ne sais combien de temps dura cette perte de conscience, mais ce fut le son de la voix qui me réveilla.

# 3

# Dans le Nouveau Monde

— Félicitations, tu as réussi ! Il fallait un sacré cran pour lâcher prise comme tu l'as fait. Malgré tout, tu as su conserver une confiance absolue en l'avenir, tout en suivant ton instinct aiguisé. Tu as en toi cette volonté de vivre pleinement ce qui doit être vécu, même au prix de la douleur, de l'inconfort, de l'incertitude ou de la peur. C'est vraiment très courageux de ta part. Beaucoup d'appelés renoncent à continuer et me supplient de tout arrêter. J'accède toujours à leur demande, car certains, pour des raisons personnelles, ne parviennent pas à accéder à une perte de contrôle totale. Je fais d'ailleurs en sorte que ce qu'ils ont expérimenté dans ce vaisseau s'évanouisse de leur conscience et de leur mémoire. Cependant, ceux qui étaient proches du but en gardent parfois des bribes de souvenirs à leur réveil. Pour eux, c'était juste un peu trop tôt. Il faut savoir que la porte donnant accès au Nouveau Monde ne se présente que lorsque notre âme est entièrement prête à la percevoir et que nous sommes enclins à franchir son seuil sans hésitation. Sa forme et son aspect diffèrent selon les personnes. Je sais que tu as vu de la végétation sauvage la décorant, d'autres la voient immergée dans de l'eau claire ou bien dans de l'eau de mer entourée de vagues. D'autres encore doivent la déterrer à mains nues pour pouvoir déchiffrer son message. Ces différentes caractéristiques expriment la personnalité de chaque élu, mais aussi, plus profondément, celle héritée de leurs ancêtres, avec tout ce qu'elle nous lègue, sans que nous en ayons conscience, comme des peurs enfouies ou des angoisses tenaces et inexpliquées.

— Alors, j'ai réussi ? Je suis vraiment dans le Nouveau Monde ? lui demandai-je.

— Oui, tu as réussi ! Je dois dire que je suis fière de vous tous, car aucun d'entre vous n'a reculé. Cela signifie que vous êtes suffisamment lucides pour continuer ici et je m'en réjouis ! Je vais m'adresser aux autres, comme je l'ai fait pour toi. Prends le temps de t'imprégner du charme de ce Nouveau Monde.

Ces paroles me firent du bien. Grâce aux étapes qui m'avaient menée ici, j'avais pu en effet évoluer, notamment en repoussant les limites de mes angoisses et de mes questionnements, abandonnant toute idée de logique. Je gardai en mémoire la beauté de cette nuit étoilée qui m'avait éblouie juste avant que je ne franchisse la porte du Nouveau Monde. J'étais heureuse d'apprendre que les autres appelés étaient de nouveau près de moi. J'enlevai mes gants afin de découvrir du bout des doigts l'endroit qui me servait de lit confortable. J'étais couchée sur un sol légèrement humide, dont la texture ne m'était pas inconnue : il s'agissait en effet d'un petit lit d'herbe verte et tendre, encore luisante de rosée du matin. La nature d'ici m'offrait un merveilleux accueil.

En me redressant précautionneusement, je pus vérifier de mes propres yeux que les autres élus étaient couchés, eux aussi, sur leur nid d'herbe. Le soleil se levait à peine, étalant lentement ses rayons lumineux sur un paysage paradisiaque. J'assistais à un instant de grâce à l'état pur. Nous nous trouvions apparemment à l'aube d'une journée qui s'annonçait ensoleillée et exempte de nuages, dans un monde dans lequel je me sentais en paix. La femme devait s'adresser à chacun d'entre nous, car je les vis se redresser l'un après l'autre. Seul l'un d'entre nous, un peu en retrait, était inerte. Il gisait sur le sol, en chien de fusil. Aucun mouvement, si minime soit-il, n'animait son corps. Avait-il été réveillé par la voix ? Pourquoi ne bougeait-il pas ? D'un même élan, nous nous précipitâmes vers lui, avec l'envie de comprendre pourquoi il restait immobile. Respirait-il ? Était-il blessé ? Après avoir surveillé sa réserve d'oxygène qui était presque à son maximum, je tentai de le stimuler en lui parlant :

— Ne te laisse pas aller au désespoir, tout ce que nous venons de vivre semble être derrière nous !

Il ne bougea toujours pas. Je ne savais pas s'il m'entendait, mais je continuai à lui parler :

— Je t'en supplie, rejoins-nous… Le paysage est magnifique, ici. Tu as réussi à franchir la porte du Nouveau Monde. Tu es un sacré battant ! Nous sommes tous là, avec toi, et nous souhaitons te voir émerger.

J'entendis enfin les voix des autres se mêler à la mienne. Des voix d'hommes et des voix de femmes. Je me mis à caresser son dos avec douceur, un autre lui prodigua un massage plus vif des jambes, et un autre encore lui tapota les pieds et les bras, difficiles d'accès avec le scaphandre. L'un de nous tenta même un massage cardiaque, mais ses tentatives s'avérèrent vaines. La tristesse s'empara de nous.

— Croyez-vous qu'il est mort ? demanda une femme.

— Je ne sais pas si l'on peut mourir lors de cette traversée, répondit un jeune homme, mais je peux vous assurer qu'il n'est pas mort ! Il n'est certes pas conscient, mais il respire bien. Je n'ai rien ici pour le réanimer, pas même une goutte d'eau… Je me sens si démuni…

— Nous n'avons peut-être pas d'eau, mais il nous reste notre volonté de le sortir de cette impasse ! dit un autre homme. Alors, activons-nous et massons-le le temps qu'il le faudra ! Nous n'allons pas l'abandonner ici, tout de même !

Il avait raison. Chacun d'entre nous se concentra sur une partie du corps à masser pour le sortir de ce profond sommeil. Au bout d'un long moment, l'ami endormi sembla reprendre vie. Son bras droit commença à bouger, certes timidement, mais assez franchement pour que nous puissions reprendre espoir. Il fut ensuite secoué de soubresauts réguliers.

— C'est gagné ! dit le jeune homme qui voulait le réanimer. Cette fois, il revient à lui ! Quel petit miracle ! C'est inouï ! Quel est donc ce monde où un humain peut sombrer dans le coma et en sortir si vite juste grâce à la volonté d'inconnus qui veillent sur lui ? Je dois dire que je suis ébahi et émerveillé !

Les mots semblaient inutiles pour exprimer notre soulagement. L'homme que nous avions secouru tenta de s'asseoir. Je lui donnai naturellement la main pendant qu'un autre le soutenait dans le dos. Cette peur que nous avions éprouvée à l'idée de le perdre nous rapprocha encore davantage.

Une pensée devenue impérieuse traversa mon esprit. Mon casque, qui enserrait toujours ma tête, me semblait petit, étouffant et même inutile, à présent. Je savais le risque que je prenais à l'enlever, mais c'était devenu vital pour moi. Je regardai les autres :

— Je vais retirer mon casque ! Il me serre et je veux savoir si c'est dangereux ou pas. Si vous le voulez bien, restez près de moi, même si je sais au fond de moi que je ne crains rien.

Avec confiance, après l'avoir ôté, je pris ma première inspiration.

L'air qui entra dans mes poumons sembla se frayer un chemin dans toutes mes alvéoles pulmonaires, me procurant dans un premier temps une sensation assez désagréable de brûlure. Cela me donna le tournis et me fit tousser. Ce nouvel air si piquant se révéla finalement, au fil des inspirations, vivifiant, pur et même salutaire. Très vite, je perçus des odeurs subtiles de jasmin, de fleur d'oranger et de monoï. Je respirai enfin librement, dans des senteurs délicieusement fleuries et fruitées. Le paysage sauvage, mystérieux et exotique dans lequel nous nous trouvions était terriblement attirant. Je me mis à genoux, puis caressai l'herbe que je pouvais maintenant sentir sous mes doigts. Je souris à la vie, à mes nouveaux compagnons, au monde, à la Terre. J'entonnai même une mélodie, sortie de mon âme. Le lever de soleil était d'une beauté saisissante.

Un des scaphandriers bien plus grand que moi prit mes mains dans les siennes. C'étaient des mains de femme métisse. Elle enleva bien vite son casque. Je la reconnus immédiatement. Il s'agissait d'Adèle ! Mon amie, après avoir un peu toussé et s'être habituée à cette nouvelle atmosphère, me regarda dans les yeux.

— Il m'avait bien semblé avoir reconnu ta voix, me dit-elle. Je ne m'étais pas trompée. Te retrouver en chair et en os est complètement invraisemblable ! Nous sommes réunies de nouveau, dans ce monde que nous ne connaissons ni l'une ni l'autre, et c'est fabuleux !

— C'est en effet complètement surréaliste, mais je suis tellement heureuse de te revoir ! lui répondis-je en la serrant dans mes bras.

Les autres, rassurés, se libérèrent de leurs casques. Nous pûmes ainsi nous détailler. En dehors d'Adèle, je ne connaissais aucun des autres élus. Nos volumineux et encombrants scaphandres finirent bien vite à nos pieds, puis au pied de la fusée. Nous étions enfin libres de bouger à notre guise, ce qui était vraiment appréciable. Hélas, le souffle revint vite avec une force démentielle. Cela me fit penser à la tornade à laquelle nous avions assisté, impuissants, les 26 et 27 décembre 1999 sur toute la France. Nous nous rapprochâmes les uns des autres, même si le vent ne nous concernait pas directement, cette fois-ci. Il fonça en effet vers la fusée, véritable symbole de forteresse et de grandeur. Sa solidité la rendait presque invulnérable. Pourtant, tel un ouragan déchaîné, le vent s'acharna sur elle jusqu'à l'emporter, accompagnée de nos costumes, à une vitesse prodigieuse, ne nous laissant aucune chance de la suivre… Nous nous trouvions à présent dans un endroit inconnu, et depuis la disparition de notre vaisseau spatial, prisonniers de ce Nouveau Monde.

— Ne cédons pas au stress ! Peut-être que nous ne repartirons pas par le même moyen de transport ? dis-je. Après tout, depuis le début, rien de ce qui nous est arrivé n'est rationnel. Cette fusée ne l'est peut-être pas non plus, finalement.

— Oui, en effet, je ne l'avais pas vu comme ça, répondit une femme amérindienne. Tu as raison, il faut que nous gardions un bon moral. Oublions cet incident !

Nos regards se posèrent sur notre ami qui avait eu tant de mal à se réveiller. Qui était-il ? Contrairement à nous autres, vifs et alertes, il était immobile et presque stoïque. Il s'agissait d'un tout jeune homme, âgé de 20 ans tout au plus. Son regard interrogateur, ses cheveux châtains, ses beaux yeux verts et sa petite barbe me firent penser à mon fils aîné. J'eus une soudaine envie de le protéger. Je m'adressai à lui, sans le quitter du regard.

— Je ne connais pas ton prénom, ni ta vie, ni ce qui fait que nous nous trouvons tous ici, mais je peux te dire que je suis impressionnée par ton courage. Tu as réussi à reprendre tes esprits alors que tu étais inconscient lorsque nous nous sommes approchés de toi. Comment te sens-tu ?

— On peut dire que tu nous as fait une sacrée peur ! rajouta Adèle.

Il restait muet, et son regard lointain n'échappa à personne. Nous pouvions deviner au coin de ses yeux quelques larmes qu'il tentait de réprimer, sans y parvenir totalement. Il était apparemment sous le choc. Nous ne savions pas ce qu'il avait affronté, mais nous devinions que cela n'avait pas été facile pour lui.

— Je vous remercie d'avoir pris soin de moi. J'ai senti votre présence et vos encouragements. Vos massages aussi. Ceux-ci m'ont permis de sortir de ma léthargie. Pourtant, j'ai lutté, car je ne voulais pas croire que j'avais passé une sorte de frontière ! Durant le passage, j'ai entendu la voix du début, lointaine, articuler quelques mots diffus, avant de devenir plus compréhensible. Elle m'a affirmé que j'avais fait le plus dur et qu'il fallait encore que je m'arme de courage. Ma mère m'a raconté que lorsque je suis né, je n'avais pas respiré tout de suite et j'avais dû être réanimé, sous le regard effrayé de mes parents et l'inquiétude du pédiatre. Quand je me suis retrouvé coincé dans cette paroi, je pensais être mort, car ce fameux passage, pour moi, était celui de l'au-delà. Naître et mourir dans la souffrance, je trouvais cela finalement assez logique. Aussi, quand la femme m'a demandé si je me sentais prêt à passer de l'autre côté, j'ai accepté et décidé de lâcher mes craintes. Je me suis laissé porter jusqu'à une porte couverte d'eau. Aussi improbable que ce soit, la poignée de la porte s'est transformée en bouche. Elle s'est ensuite adressée à moi pour m'indiquer que derrière elle se trouvait un Nouveau Monde. J'ai franchi son seuil et maintenant, je suis ici, avec vous. Je me pose quand même cette question : qu'est-ce qui nous attend maintenant ?

L'homme asiatique qui avait voulu le réanimer et s'était extasié de voir un homme sortir si rapidement du coma prit la parole :

— Je ne sais pas ce qui nous attend, mais je peux vous dire que je n'ai jamais de ma vie senti de telles secousses… Je reprends à peine mon souffle !

— Moi non plus ! répondit un homme africain d'une voix tonitruante. J'avais l'impression d'être dans l'épicentre d'un tremblement de terre de puissance maximale !

Il me fit penser à Dembe, l'ami partageant régulièrement des rêves communs avec Adèle. J'avais eu la chance de le rencontrer ainsi quelques mois plus tôt.

C'est à ce moment-là aussi que je réalisai que nous nous comprenions tous. J'imaginai que nous parlions une langue universelle.

— Je ne sais pas où nous nous trouvons, dit Adèle, mais je crois aussi qu'il faut que nous arrêtions de nous poser la question. Nous sommes tous ici, en vie, et comme nous sommes unis dans cette expédition, je propose que nous commencions par nous présenter pour faire plus ample connaissance. Est-ce que tu voudrais bien commencer ? dit-elle en s'adressant au plus jeune d'entre nous.

Reprenant de la consistance et des couleurs, il s'apprêta à prendre la parole. Je le trouvais très beau et touchant dans sa sensibilité. Il était vêtu d'un simple bermuda bleu et d'un tee-shirt en coton blanc, qui sublimait son teint légèrement bronzé et ses magnifiques yeux verts.

— Bien ! Je n'aime pas trop faire de présentation, mais je veux bien commencer. Que dire ? D'abord, mon identité. Je m'appelle Simon et j'ai 20 ans. Je vis à Lille, dans le nord de la France. Mes deux parents sont avocats, et j'ai une petite sœur, Julie, qui a 16 ans. Élève moyen au lycée, j'ai réussi à intégrer il y a un an un centre d'études technologiques, affecté à la pérennisation des matériaux. Enfin, je me régale dans mes études ! Je m'apprête à entreprendre ma deuxième année. Depuis trois ans, tous les étés, je travaille comme nettoyeur de la nature. De mi-juillet à fin août, je parcours les sentiers. Je suis alors habillé d'un simple bermuda et tee-shirt, comme ceux que je porte actuellement. Je m'éloigne un peu des technologies pendant mes virées, puisque mes seuls outils de travail sont une brouette compartimentée, des sacs-poubelle de grande contenance, quelques pinces, et mon inséparable sac à dos. Rien de sensationnel, donc. Pendant les pauses, je peux récolter quelques baies et fruits sauvages, ce qui ravit ma sœur, qui raffole des mûres. L'année prochaine, elle me rejoindra, et il lui tarde ! Lors de nos missions, nous sommes toujours en binôme. Du lundi au vendredi, de six heures du matin à midi, nous parcourons de nombreux kilomètres à pied, selon un parcours établi la veille et précisé sur une carte que nous suivons. Je dois juste veiller à avoir de bonnes chaussures de marche, un chapeau ou une casquette pour couvrir ma tête et ma nuque, des lunettes de soleil pour protéger mes yeux, et surtout une bonne réserve d'eau pour tenir le rythme sous une chaleur parfois insupportable… Je ramasse et trie les déchets que l'on trouve encore bien trop souvent dans la nature, afin de préserver au maximum nos paysages et permettre parfois un recyclage. J'ai toujours vu mes parents appliquer le principe du « zéro déchet ». J'ai donc grandi dans ces valeurs. Ce travail saisonnier me choque souvent. Je me demande souvent si je ne suis pas un peu maso, mais au moins, je suis confronté à la réalité… Si vous saviez ce que les gens jettent encore dans les fossés ou même sur les sites protégés ! Ça me met souvent en rage !

Un homme assez âgé pour être son père sourit :

— Ah, la jeunesse ! dit-il. Ta colère est saine et doit te porter, petit ! Mais n'oublie pas que tu ne pourras pas changer les gens comme ça, hélas…

— Oui, je me doute, répondit le jeune homme, mais voilà, ça m'arrive de crier tout seul comme un dérangé, ce qui fait rire mon ami-binôme. Je suis un sanguin, il faut dire. En tant qu'étudiant, mon rôle consiste autant à apprendre qu'à rechercher des solutions applicables pour épargner au maximum notre Terre, épuisée et vidée de trop de ressources naturelles. Voilà pour la présentation officielle… et même un peu froide. Pour parler un peu de moi, je dois dire que je suis sportif, j'aime plus que tout bouger et me dépenser. Il n'y a que la présence des arbres dans les bois qui me calme, pendant mes promenades ou mes footings. Je suis habitué à faire des rêves un peu spéciaux, précis et des fois même épuisants, mais je n'avais jamais vécu un tel chamboulement ! Je suis encore sonné… Heureusement que je n'ai pas à travailler demain matin à l'aube. C'est jour férié, puisque nous sommes aujourd'hui le 15 août 2195 !

L'homme d'origine africaine poussa une sorte de soupir, apparemment stupéfait. Nous l'étions tous, d'ailleurs.

— Tu rigoles, petit ! Je te cite : « Nous sommes aujourd'hui le 15 août 2195 ! » Ça, c'est pour toi, car pour moi, nous sommes aujourd'hui le 15 août aussi, mais 2295 ! Tu ne te tromperais pas d'un siècle ? Tu dois être fatigué, peut-être que tu n'es pas vraiment remis ? Ça arrive ! Tu dois te mélanger les pinceaux !

La femme amérindienne se tapa répétitivement la tête, puis nous dit enfin d'un air magistral :

— Cela doit être une nouvelle épreuve qui nous est envoyée… Restons calmes ! Ou, du moins, essayons… Pour moi, aujourd'hui, nous sommes le 15 août 2245. Je suis donc entre vous deux !

Cette fois j'éclatai de rire !

— Je ne sais pas ce que tout cela veut dire, mais pour moi, vous êtes tous les trois des êtres du futur ! J'étais au courant pour Adèle que je connais, mais je pensais que les autres étaient de mon époque ! Surtout après la description de la nature pleine de déchets. Pour ma part, avant mon réveil dans cette fusée, nous étions aux premières heures du 15 août 2018, en pleine nuit. Allô allô ! Quelqu'un peut-il nous expliquer ce qu'il se passe ?

Un homme d'origine celte prit la parole pour rebondir à ma dernière phrase :

— Je ne sais pas ce qu'il se passe, mais ça m'amuse beaucoup ! Tu vois, je suis aussi un être du futur pour toi, mais eux le sont aussi pour moi, puisqu'avant d'être à bord de cet engin spatial, nous étions chez moi le 15 août 2137 !

Adèle, si sage d'ordinaire, laissa échapper un petit éclat de voix :

— On peut dire que c'est la situation de l'arroseur arrosé pour moi ! Quand je vais chercher des êtres du passé pour les téléporter dans le futur, je suis habituée à voir les gens réagir de manières très diverses. Cette fois, je suis à leur place, et je dois dire que c'est une bonne leçon pour moi ! Donc je suis un être du futur pour Cécile et pour vous, Monsieur, dit-elle en regardant le dernier qui avait parlé. Mais vous, Madame, ainsi que Simon et vous, Monsieur, qui me faites penser à mon ami de rêve, je vous précède dans le temps ! Car avant d'être avec vous ici, nous étions chez moi le 15 août 2175, soit, si je calcule bien, l'année de naissance de Simon !

Le seul de nous sept qui ne s'était pas exprimé à ce sujet se mit à rire franchement :

— Non, mais là, je suis admiratif ! Je suis pour ma part un être du futur pour vous tous ! Je suis effectivement le plus éloigné dans le temps ! Avant d'être embarqué dans cette sorte de fusée, j'étais en train de faire une sieste dans mon hamac, ce qui est d'ailleurs inhabituel. Mais je suis sûr de moi sur la date : nous sommes aujourd'hui le 15 août… 2300 !

Après avoir laissé passer nos différentes réactions dans cet échange musclé et rapide, la femme d'origine amérindienne nous demanda, d'un geste, le calme. Elle reprit la parole une fois tout le monde remis de ces surprises de taille :

— Attendez, ma tête tourne un peu. Je me sens faible. Pourrions-nous prendre une légère pause ? demanda-t-elle.

— Oui, en effet, je crois que nous sommes tous un peu épuisés, répondis-je. Peut-être que nous devrions respirer lentement pour nous habituer à cette nouvelle atmosphère et retrouver notre calme ? J'ai le pressentiment que nous nous trouvons sur une montagne. L'air est si pur, ici !

Un instant de méditation suivit. Nous étions assis en tailleur, formant un cercle. Aucun bruit ne vint perturber ce moment précieux, pas même le chant d'un oiseau. Le soleil était désormais un peu plus haut dans le ciel, ce qui nous permit d'observer ce Nouveau Monde plus clairement. Il ressemblait à s'y méprendre au nôtre, en plus pur et sauvage, toutefois.

Adèle dirigea la fin de la méditation d'une voix très calme. Une fois tout le monde à nouveau réceptif, elle prit la parole :

— Bon maintenant que nous savons que nous sommes tous issus de périodes parfois très éloignées dans le temps, je propose que nous finissions de nous présenter. Peut-être comprendrons-nous alors pourquoi nous sommes ici ? Qui veut bien poursuivre ?

La femme d'origine amérindienne, petite, les cheveux bruns et le visage gracieux, se proposa. Elle portait une magnifique robe colorée et ornée de perles. Son pendentif, discret, porté sur son cœur, attira mon regard.

— Je veux bien poursuivre ! Je m'appelle Nirvelli, ce qui signifie « enfant de l'eau » dans ma tribu navajo. Je suis née le 10 juin 2210 dans le nord-ouest de l'Arizona, non loin du fleuve Colorado, au bord duquel se situe le Grand Canyon. Avant ma venue au monde, mon peuple était affecté depuis de nombreuses décennies par des épisodes de sécheresse de plus en plus dévastateurs. Mes ancêtres n'eurent aucune prise sur ces périodes difficiles. Les faibles pluies auxquelles ils assistaient parfois ne parvenaient plus à faire pousser quoi que ce soit, si ce n'est quelques plantes désertiques, particulièrement résistantes au manque d'eau.

Son visage s'assombrit à l'évocation de cette souffrance.

— Ils prièrent énormément, pourtant, invoquant le Dieu de la pluie, mais leurs prières restèrent vaines. Lorsque ma mère apprit sa grossesse, elle fut à la fois folle de joie et apeurée à l'idée de l'avenir qui attendait son futur enfant. Lorsqu'elle fut enceinte de deux mois, une première pluie vint arroser imperceptiblement une nature si longtemps assoiffée que l'eau ruisselait sur un sol aride et souffrant qu'elle ne semblait pas pouvoir pénétrer. Mon peuple prit toutefois ce signe du destin comme une délivrance et se mit à penser que c'était le bébé dans le ventre de ma mère qui avait été envoyé par la déesse de la Nature pour offrir cette pluie providentielle. Dans les mois qui suivirent ce petit miracle, d'autres pluies vinrent et le sol finit par absorber l'eau. Le fleuve Colorado, qui assurait la réserve d'eau de la région, s'agrandit. Il en fut de même pour les petites sources d'eau claire, taries depuis longtemps et de nouveau ruisselantes. La vallée reverdit progressivement, pour le plus grand bonheur de mes parents, ainsi que de tous les membres de notre village, et bien sûr aussi ceux des alentours. La Vie semblait avoir repris ses marques, après tant d'années de sécheresse. Les insectes, les oiseaux et les autres animaux revinrent, et ce fut tout un biotope qui se reconstitua. Mon peuple, stupéfait devant la puissance de guérison de la nature, reprit espoir. Les membres de ma tribu pensèrent que j'allais incarner un renouveau. Ainsi, ils me vénéraient avant même que je ne vienne au monde. Mon prénom devait incarner cet espoir et c'est ainsi qu'ils m'appelèrent Nirvelli, qui signifie « enfant de l'eau », comme je vous l'ai déjà dit. J'ai également un deuxième prénom américain, comme tous les Indiens navajos. Je m'appelle donc Nirvelli-Kate. Mais le deuxième est juste administratif.

Nous étions tous suspendus à ses lèvres, attentifs et muets. Elle s'exprimait avec une telle aisance que j'en étais éblouie.

— Même si mon peuple est attaché à ses croyances et qu'il tient à garder une harmonie entre toutes les composantes de notre nature, continua-t-elle, il est intégré à la société américaine dont il fait partie. C'est parfois difficile pour les enfants de grandir dans cette double culture, d'autant que celles-ci sont à l'opposé.

— Pour cela, je te comprends parfaitement ! dit Simon.

— Oui, je me doute, répondit-elle. Toi aussi, tu vis dans une double culture dans un même pays. C'est parfois épuisant, il faut le dire… Je vais essayer de ne pas être trop bavarde pour la suite, dit-elle en souriant. J'ai 35 ans. Il y a encore sept ans, j'étais une professeure classique de philosophie. Désirant approfondir mon travail en éthologie, qui est la science étudiant les comportements animaux, incluant l'humain, j'ai rejoint il y a trois ans l'une des meilleures universités dans ce domaine afin de rédiger ma thèse sur l'éthologie. Par chance, elle n'était située qu'à une heure de route de chez moi. Dans mon village, j'ai intégré le Conseil des Sages à ce moment-là, malgré mon jeune âge. Tous les sujets abordés à l'université étaient exposés lors de ces conseils. Profitant de cette connaissance ancestrale léguée par les anciens, qui venait agrémenter mes nouveaux apprentissages, ma thèse m'a valu dans un premier temps la plus grande reconnaissance. Je suis devenue la porte-parole de mon peuple, et plus globalement de tous les peuples cherchant à préserver l'environnement. Je suis en couple depuis plus de quinze ans avec mon amour de toujours, Gad-Ethan. Nous avons un adorable petit garçon qui a 5 ans. Nous habitons dans un wigwam, ces grandes tentes familiales que nous avons modernisées. Depuis quelques années, je fais parfois des rêves spéciaux, où je me retrouve à l'intérieur de scènes de vie qu'ont vécues mes ancêtres. Je suis alors une spectatrice attentive. Cela apporte un plus dans les problématiques que nous soulevons souvent lors des Conseils des Sages. Je crois en avoir beaucoup dit. Qui veut prendre la suite ? demanda-t-elle.

L'homme qui me faisait tant penser à Dembe sourit et se racla la gorge. Il était grand et élancé, vêtu d'un pantalon noir et d'une chemise bleu pastel, magnifiant sa couleur naturellement mate. Son visage et son sourire exprimaient une grande sagesse.

— Je veux bien continuer, si vous le voulez !

Sa voix forte, avec un accent africain assez marqué, ravit mes oreilles.

— Comme Simon, je ne suis pas fort en présentation, mais je vais essayer de le faire pour vous tous. Je m'appelle Alioune. Comme Nirvelli, mon prénom a une signification dans mon pays, qui se traduit par « celui qui porte la flamme ». J'ignore toujours pourquoi mes parents m'ont attribué ce prénom lors de la cérémonie de ma naissance, mais j'ai toujours pensé qu'il devait être symbolique. Ils avaient misé sur moi des espoirs de transmission. J'ai 45 ans et je suis né le 10 mai 2250 à Rwesero, un village situé au bord du lac Kivu, au sud-ouest du Rwanda. Je suis technicien de la qualité de l'eau. Mon travail porte principalement sur celle du lac Kivu, menacé par la pollution. Il ne se passe pas un jour sans que j'observe les abords de ce lac, faisant souvent des prélèvements dont les résultats m'attristent profondément. Ce lac est vital pour toute notre population. Je déplore que les citoyens de mon pays en viennent à polluer notre air et notre eau pour surconsommer et satisfaire une agriculture trop gourmande en eau, ce qui est incompatible avec les conditions climatiques de l'Afrique. Je suis intimement persuadé qu'il faudrait revenir à une agriculture à taille humaine, produisant des fruits et légumes locaux qui pourraient pousser sans assécher davantage ce lac précieux ! Même les poissons, autrefois en nombre abondant dans ce lac, semblent, pour beaucoup, empoisonnés et privés de nutriments ! Malheureusement, malgré les résultats irréfutables des analyses prouvant la présence de pesticides à des doses souvent fatales, le gouvernement tente de me faire taire… Il prétend que je suis un menteur qui falsifie les résultats afin de faire peur à une population qui n'est pas au courant de ce désastre. Quel serait mon intérêt de mentir sur un sujet aussi grave que celui de la santé des gens ? Mais ils ne me connaissent pas ! Je ne supporte pas le mensonge et ils me font sortir de mes gonds ! Depuis peu, je fais des rêves spéciaux où je me fonds dans le paysage. Tristement, j'assiste à la souffrance des arbres et de toute la végétation qui entourent mon lac bien-aimé. Sinon, pour parler de ma vie personnelle, je suis marié depuis vingt-trois ans et je suis père de deux grands enfants, une fille et un fils, qui ont 20 ans et 17 ans. Je crois en avoir beaucoup dit pour un timide comme moi ! Dès que je parle de mon lac, je ne peux m'empêcher d'être en colère ! Mais ici, la colère ne sert à rien… Qui veut prendre le relais ?

Adèle, de plus en plus captivée par tous ces échanges, se proposa. Elle était vêtue d'une longue jupe noire et d'un chemisier en lin beige. Ses cheveux étaient attachés en chignon. Elle était toujours aussi resplendissante.

— Je veux bien. C'est géant, ce qui nous arrive… Alors, par où commencer ? Par le début, sûrement ! Je m'appelle Adèle. Ce prénom signifie « noble » en langue germanique. Je suis née le 9 avril 2126 dans la communauté de mes parents, située dans la forêt de Sivens, dans le sud-ouest de la France, dans le Tarn, pour être plus précise. Mes parents sont musiciens tous les deux et j'ai 49 ans. Je suis comédienne, et avec mon compagnon François, nous faisons partie d'une troupe de théâtre basée à Toulouse. Nous sommes en couple depuis plus de vingt ans. Nous nous supportons tous les jours, je dois dire qu'il est sacrément courageux !

Un petit rire nous échappa.

— Nous produisons autant des pièces de théâtre anciennes, comme *Le Dépit amoureux* de Molière l'an passé, que des pièces d'auteurs nouveaux qui nous confient leurs œuvres. Nous avons une fille de 15 ans. Depuis trois ans environ, dans mes rêves, j'ai accès à certaines scènes vécues par mes ancêtres, mais aussi à des scènes vécues par des inconnus. Je rejoins Nirvelli là-dessus. Même si j'ai toujours fait des rêves lucides, la précision des images, des sensations et des ressentis m'a surprise au début. En travaillant cette nouvelle aptitude, j'ai appris à donner un sens à ce don afin d'aider les gens du passé à reprendre espoir. Ma lignée familiale prône des valeurs telles que le partage, l'amour, des liens serrés avec la nature et la considération des animaux et du vivant. Nous gérons un sanctuaire pour animaux en détresse. C'est la communauté fondée par mes grands-parents qui avait initié ces sauvetages au prix de luttes parfois dangereuses.

Après un petit silence, Adèle reprit :

— Avec mon compagnon et notre fille Lydie, nous avons naturellement prolongé leur œuvre chez nous dans le Tarn, tout comme elle continue à Bourges où elle a débuté. Mon oncle Raphaël, vétérinaire hors pair, nous aide tant professionnellement en auscultant les animaux que moralement quand nous sommes découragés. Il nous assiste aussi financièrement par le biais de sa propre association « Un toit pour eux ». Celle-ci a pour but de récolter des dons, mais aussi de la nourriture, des couvertures, de la paille et les matériaux de construction nécessaires pour fabriquer des niches géantes en bois, par exemple, ou bien des box et des granges. Nous fonctionnons le plus possible en autonomie, que ce soit sur le plan alimentaire ou énergétique. Nous habitons tous dans un éco-village, fonctionnant sous ces principes ancestraux, où chacun apporte son aide et son utilité. Je dois quand même vous avertir que nous sommes considérés comme des marginaux, et même souvent montrés du doigt ou ridiculisés. Mais cela ne nous affecte absolument pas ! Je suis ravie de faire votre connaissance. Je pense en avoir assez dit. Qui voudrait continuer ?

L'homme d'origine celte, les cheveux bruns, grisonnants sur les tempes, et les yeux très clairs, leva la main, ce qui nous fit sourire. Son visage était parsemé de taches de rousseur, ce qui lui donnait un charme certain. J'y trouvai une ressemblance avec les miennes, qui sortent invariablement dès les premiers rayons de soleil au printemps, si ce n'est que sa peau était bien plus pâle que la mienne. Cet homme, grand et fin, portait un pantalon clair et une chemise rose à manches longues. Il nous regarda intensément. D'une voix guillerette, il s'adressa à nous :

— Hello friends ! Je veux bien continuer ! Alors, comme vous autres avant, je vais commencer par le commencement ! Je m'appelle Alan et je suis né le 2 septembre 2082 à Galway, dans l'ouest de l'Irlande, sur la côte Atlantique. Je vais avoir 57 ans dans quelques jours. Un papy pour vous, quoi ! dit-il en riant. Je suis marié depuis trente ans avec mon âme sœur, Maylis, et nous avons deux filles jumelles de 28 ans. Nous sommes les heureux grands-parents d'un petit-fils qui a tout juste 1 an, et nous nous apprêtons à accueillir un deuxième petit-enfant qui devrait pointer le bout de son nez d'ici quelques jours. Un petit bonhomme aussi ! Je suis pour ma part harpiste et guitariste, et je réalise de nombreux concerts et bals, particulièrement avec ma harpe celtique, très prisée dans mon pays. Ma guitare et ma voix se révèlent précieuses aussi pour interpréter certaines mélodies. Je fais partie d'un groupe de musique celte un peu spécial, appelé « The Clovers ». Il mêle la musique traditionnelle irlandaise, qui a façonné notre île pendant des siècles et qui accompagne les danses, fêtes et événements, avec des musiques plus récentes. Notre style est donc un mélange entre la musique traditionnelle encore bien ancrée et des influences venant d'autres cultures et donc plus cosmopolites, grâce à l'ouverture des frontières.

J'espérais secrètement qu'Alan se mettrait à chanter. Il semblait le vouloir lui aussi, mais il continua :

— Ma femme est cuisinière, et elle ne cuisine qu'avec des fruits, légumes et légumineuses provenant des membres de l'association que nous avons créée il y a vingt-cinq ans. Les agriculteurs qui travaillent avec nous s'engagent à ne mettre aucun produit chimique dans les sols et à respecter le rythme des saisons. Même si nous ne pouvons plus voir le chou, l'oignon, la pomme de terre, les courges ou les pommes au mois de mars, après quelques mois en cuisine, nous ne dérogeons jamais à la règle. Autant vous dire que les légumes de printemps sont attendus avec impatience ! La seule culture qui demande l'utilisation d'une serre est celle des herbes méditerranéennes et des épices, qui font la richesse de sa cuisine. Nous avons quelques poules qui nous assurent la production des œufs. Ma femme s'est spécialisée dans les recettes de soupes et de tartes aux légumes. Même si j'en mange depuis trente ans, elles sont si bonnes que je ne m'en lasse jamais ! Ses pâtes à tarte, façonnées à la main avec des farines complètes ou semi-complètes et parsemées de flocons d'avoine, régalent les petits comme les grands. Nous sommes végétariens, et notre restaurant l'est également. Pour ma part, je me suis passionné par la confection des pains. J'en réalise quotidiennement, tant pour le restaurant que pour nous. Une de mes filles travaille avec sa mère, et l'autre a suivi ma voie dans la musique. Elle est d'ailleurs intégrée à notre groupe comme flûtiste. C'est celle qui va avoir le petit bientôt ! Nous ne sommes pas riches, mais nous sommes heureux ainsi.

Il se tut quelques secondes, puis reprit, apparemment un peu gêné par ce qu'il avait à nous dire :

— Je dois vous avouer que j'ai déjà vécu une expérience un peu similaire où j'étais dans un vaisseau spatial, il y a deux ans. Nous étions cinq. Mais la dernière fois, j'ai renoncé avant l'atterrissage. Je n'avais pas osé lâcher toutes mes peurs. Je n'aime pas suivre aveuglément des conseils donnés par une voix. Je me suis réveillé en criant, et je suis même tombé du lit, ce qui a fait peur à ma femme qui a cru à un malaise. Pourtant, mon imagination me porte souvent dans des situations encore plus surprenantes, surtout pendant mes séances de musique méditative où je ne fais plus qu'un avec ma harpe. J'entrevois alors parfois des visages de gens qui ont vécu au siècle dernier, ou même plus tôt encore. Ils me parlent alors et m'aident à comprendre l'histoire de mon île comme jamais je ne pourrais l'apprendre dans les manuels historiques. Au début, cela m'effrayait, et puis je m'y suis habitué. C'est mon secret. Même ma femme ne le sait pas. Mais comme ici, rien ne paraît rationnel, je peux en parler sans crainte. Cette fois-ci, quand je me suis retrouvé à nouveau dans une situation comparable où il fallait affronter l'inconnu, je n'ai pas hésité ! Ma curiosité a été plus forte que mes craintes, et mes appréhensions sont restées derrière moi. Je suis heureux d'être parmi vous et je suis enchanté de faire votre connaissance ! Qui veut poursuivre ?

Ainsi, Alan faisait partie de ceux qui renoncent la première fois et qui bénéficient d'une seconde chance.

Le jeune homme d'origine asiatique, assez menu et petit, se manifesta par un discret raclement de gorge. Tout en lui diffusait la délicatesse et le raffinement. Il était vêtu d'un simple bermuda en jean et d'un tee-shirt sur lequel était brodé un éléphant d'Asie. D'une voix timide, il prit la parole :

— Je dois dire que je suis à la fois amusé et ébahi par toutes vos présentations. Vous êtes tous un peu bizarres, mais je vous adore déjà ! Je vais le faire à mon tour. Je m'appelle Bào, ce qui signifie « précieux » dans mon pays. Je suis né le 3 janvier 2273 à Thai Hoa, dans le centre du Vietnam, dans une région montagneuse. Je suis issu de la tribu M'Nong. Nous aimons inconditionnellement les animaux, que nous considérons comme des membres de nos familles. Nous sommes tous végétariens. J'ai 27 ans et je vis avec ma petite amie, Hân, depuis deux ans. Son prénom signifie « honneur et triomphe ». Chez nous, les enfants sont considérés comme des trésors de la nature, car leur venue relève souvent du petit miracle ! Si les couples parviennent parfois à avoir un enfant, ceux qui en ont deux sont très chanceux… Nos parents nous accueillent naturellement avec une joie immense. Mais parallèlement à cette joie, la peur d'enlèvements de leurs enfants plane dans leurs esprits et devient même souvent… pesante ! Il y a toujours au moins deux adultes pour surveiller les enfants qui parfois préféreraient être entre eux !

Cette présentation me fit un peu frémir. Les problèmes de fertilité auraient-ils raison de notre survie à l'avenir ?

— Je suis actuellement en dernière année d'études pour devenir vétérinaire. Chaque animal que je soigne est aimé, choyé et traité avec respect. Mes parents, aidés de plusieurs amis, ont ouvert il y a vingt ans un centre de préservation des espèces, et nous entretenons avec toute notre ferveur un sanctuaire où les animaux, libres, sont protégés des chasseurs et braconniers. Notre spécificité reste la sauvegarde des éléphants et des oiseaux. D'autres membres de notre association se sont spécialisés dans la reforestation. Pour cela, ils suivent une connaissance ancestrale de la vie dans nos montagnes d'un côté et se servent de leurs études dans le domaine de l'autre. Leur mission est de cumuler les deux sciences. Nous accueillons beaucoup d'étudiants de tous horizons, mais aussi des jeunes un peu désœuvrés, à la limite de la délinquance pour certains. Ceux-ci signent à leur arrivée une charte de préservation de la nature. Certains ont trouvé tellement de réconfort au contact des animaux et des arbres qu'ils sont restés et se sont formés pour travailler avec nous. Nous les voyons changer et c'est une belle victoire pour nous tous ! L'un d'entre eux développe même des thérapies autour des animaux, et nous sommes séduits par son approche. Tout cela pourrait être parfait si nous ne rencontrions pas d'hostilité excessive de la part du gouvernement vietnamien… Nous sommes heureusement soutenus par ailleurs par d'autres pays influents, en particulier ceux d'Europe, qui voient dans notre action un bien pour notre planète.

Il sembla se recueillir, ramenant le calme dans son esprit, puis continua :

— En présence d'éléphants, je me sens revivre ! Ils sont dotés d'une intelligence exceptionnelle et savent rendre l'amour que nous leur prodiguons ! Une fois, Goodness, notre doyenne du sanctuaire, a évité l'enlèvement d'un petit garçon. Elle n'a pas hésité à menacer et même charger la femme qui s'approchait de lui avec des friandises. Elle a ensuite pris le petit dans le creux de sa trompe et l'a ramené chez lui. C'est le petit garçon qui nous a raconté sa balade dans la trompe de la mamie éléphante, comme il l'appelait. Goodness, matriarche de 60 ans, est devenue notre protectrice et notre emblème. C'est ma mascotte ! Je veille personnellement à son bien-être. Elle est une très grande amie pour moi. Même Hân est parfois jalouse de notre complicité. Parfois, Good (comme je l'appelle) essaie de communiquer avec moi, et lorsque je suis parfaitement détendu, je perçois dans son regard la souffrance de son peuple éléphant, massacré, réduit en esclavage et maltraité des siècles durant ! C'est elle qui doit me calmer quand j'exprime ma rage contre ces arriérés ! Avec Hân, lorsque notre fenêtre est ouverte, nous voyons parfois sa trompe se hisser jusqu'à notre table. Elle nous supplie toujours pour se régaler de quelques fruits et cacahuètes. On ne se lasse pas de sa malice et de sa gourmandise légendaire ! Je ne sais pas pourquoi je me trouve ici, mais je dois dire que ça me plaît bien !

Bào me toucha par la force et l'intensité de ses sentiments. Derrière une apparence modérée, il était si vivant !

Mes nouveaux amis me regardèrent avec une énorme dose de curiosité. Je leur avais fait part du fait que j'étais la plus ancienne de tous. Je devais être, pour eux, un témoin direct du passé, et sûrement pas du plus glorieux dans l'histoire de l'humanité… Je portais pour ma part mes habits favoris : un corsaire noir et ma jolie tunique violette. Je fus surprise de retrouver en l'état une paire de chaussures si élimées que j'avais dû m'en séparer quelques années auparavant avec regret, après plusieurs étés de bons et loyaux services.

— Cette fois, je crois que je ne peux plus me dérober ! dis-je en souriant. Je suis quand même drôlement intimidée… Comme je vous le disais tout à l'heure, je suis de loin la plus ancienne de vous tous, mais pas la plus âgée, apparemment !

— Sûrement pas ! C'est moi le papy, je te rappelle ! Tu es une jeune, toi, non ? s'exclama Alan d'une voix emportée.

Il eut le mérite de détendre l'atmosphère. Cela me donna le courage de continuer :

— Je m'appelle Cécile, je suis née en juillet 1978 à Albi, dans le sud-ouest de la France. Je n'habite qu'à quelques kilomètres de la maison d'Adèle, même si cent cinquante années nous séparent ! C'est fou, non ? Sainte-Cécile est la patronne des musiciens. Ce prénom devait m'être prédestiné, puisque la musique m'accompagne depuis mon plus jeune âge. Je me souviens encore avec émotion du jour où le piano est entré chez mes parents, alors que je n'avais que 6 ans. Il est vite devenu un précieux compagnon de tous les jours. La pratique instrumentale quotidienne est devenue une évidence pour moi, encouragée par de très bons professeurs. J'ai commencé quelques années plus tard la flûte traversière. J'enseigne depuis quinze ans ces deux instruments. J'interviens aussi dans des écoles, ce qui permet à tous les petits élèves de bénéficier des bienfaits de la musique. En vous regardant tous, je me demande bien comment l'école et l'art ont évolué depuis mon époque, même s'il ne s'agit pas là de mes principales craintes concernant l'avenir. Je suis née au millénaire précédant le vôtre. Je ne sais pas trop pourquoi je me retrouve ici, mais c'est bien sympa ! J'ai 40 ans et je suis maman de trois enfants, que j'aime par-dessus tout : deux garçons de 17 ans et 12 ans, et une petite fille de 5 ans. Je suis une hypersensible et une grande rêveuse, et rien de ce que j'ai pu vivre n'a affecté ma capacité à faire des rêves lucides, ni enlevé mes antennes qui me lient aux autres.

Ma gorge se noua en revenant à mon présent…

— Je suis issue d'une période sombre pour notre planète. Je ne vous apprends sûrement rien : vos manuels d'histoire doivent en parler mieux que moi… La période où règnent la production démesurée de la matière plastique, le réchauffement climatique, la pollution de l'air et de l'eau, les déchets innombrables qui flottent misérablement dans nos océans et dans la nature, l'extinction incontrôlable de trop nombreuses espèces animales et végétales, la déforestation massive, sans oublier les gigantesques incendies incontrôlables de forêt en Amazonie et en Australie, ne laissant sur leur passage qu'un spectacle de désolation et d'impuissance… ou de colère. Tout cela se passe sous mes yeux, et sous ceux de mes contemporains. Beaucoup de gens feignent de l'ignorer, mais je fais partie de ceux qui ne peuvent pas s'y résoudre… Les tenants et les aboutissants de ces massacres écologiques récurrents sont complexes. Les énergies qui inspirent la plupart des décideurs ne sont pas des plus lumineuses !

J'étais tellement intimidée que je me mis à bafouiller sur ma dernière phrase. Les larmes n'étaient pas loin, mais il ne fallait pas que je me laisse emporter par mes émotions. Je devais finir ma présentation, comme les autres l'avaient fait avant moi.

— Je suis triste et désemparée de vivre à cette époque caractérisée par un manque de conscience écologique, où la richesse individuelle n'est basée que sur la possession de biens, même si leurs acquisitions se réalisent le plus souvent au détriment des autres et de la nature. Le mot « écologie » représente ainsi une insulte pour beaucoup. Au mieux, il est apparenté à des lubies passagères d'individus originaux et nantis, toujours jugés un peu niais et naïfs, vivant dans leur monde idéalisé et surtout… occidental ! Les puissants ne s'en inquiètent que lorsque ces illuminés arrivent à faire réfléchir les autres et à les influencer. Certains journalistes tentent de dénoncer, d'informer la population en s'appuyant sur des études scientifiques, mais le contrôle financier des lobbies permet de noyer toutes ces informations avec des contre-vérités achetées. Il est très difficile d'agir à contre-courant ! Ceux qui n'entrent pas dans le système proposé sont dénoncés comme opposants à l'ordre établi. Même s'ils sont nombreux malgré cette pression, ils ne sont pas assez suivis. La reconnaissance envers la Terre qui nous héberge si généreusement est au mieux jugée gênante, mais plus généralement méprisée. De mon côté, je me cache lorsque je parle aux animaux et surtout aux arbres, que je remercie souvent. Je suis persuadée que ces derniers le perçoivent, car je vois les plantes réagir à la musique ou aux paroles. Par exemple, selon leur emplacement par rapport au piano, mes plantes vertes poussent plus ou moins vite. Il y a bien sûr l'effet luminosité, mais pas uniquement. Je suis sûre qu'elles sentent les ondes émises par l'instrument et qu'elles vivent une croissance plus rapide au milieu de nous dans le salon. En échange, les promenades en forêt me ressourcent et me garantissent un meilleur sommeil. Au rythme où se dégrade notre environnement, j'étais sûre que l'humanité n'aurait pas pu survivre plus de quelques décennies… Votre présence ici écarte ma principale angoisse qui était que l'humanité disparaisse du globe dans le chaos dans un futur proche. Elle a dû trouver des alternatives à temps !

Adèle, me sentant peinée, me prit tendrement dans ses bras. Je retrouvai avec bonheur son fluide de douceur qui m'avait tant charmée lors de notre première rencontre.

— Je ne sais pas comment tu fais pour transmettre cet apaisement, lui dis-je, mais ça réconforte. Je me sens bien, maintenant.

Une différence de cultures existait entre nous sept. Le côté extravagant d'Alan et Alioune contrastait avec le côté introverti de Bào et Nirvelli. Adèle, Simon et moi, les trois Français, naviguions entre ces deux aspects de personnalités.

Alan, toujours aussi enjoué, prit à son tour la parole :

— Bon, je crois qu'il ne faut pas chercher pour l'instant à trouver un sens à ce qui nous arrive. Cependant, j'ai remarqué que pour nous tous, notre départ imprévu est survenu un 15 août, quelle que soit l'année pour chacun. C'est notre premier repère commun. En trouvez-vous d'autres ?

— Oui ! J'en ai repéré un autre, poursuivit Nirvelli. Nous sommes tous profondément attachés à la nature !

— C'est très vrai ! rajouta Adèle. J'en rajouterais encore un autre : nous faisons tous des rêves que je qualifie de lucides, et beaucoup d'entre nous vivent des événements à la limite du rationnel.

— C'est vrai, dit Alioune. Je vois aussi une autre particularité qui nous caractérise apparemment : nous nous trouvons tous impuissants face aux mondes qui sont les nôtres, où certains cherchent même à nuire à nos efforts. Mais nous résistons !

Même si nous étions issus de périodes parfois très éloignées dans le temps, un lien se forma instinctivement entre nous. Cet effet de groupe nous rassura, d'autant que nous nous doutions que nous n'étions pas au bout de nos peines. Nous étions assis en tailleur, étonnamment calmes et paisibles.

Bào, soudain impatient, se leva et fit mine de partir.

— Pensez-vous que nous pourrions explorer ce Nouveau Monde ? J'aimerais bien marcher un peu pour visiter cette planète. Y a-t-il des animaux ? Des arbres que nous ne connaissons pas ? Des créatures étranges ? J'ai vraiment envie de mieux connaître cette terre inconnue ! Combien, parmi vous, voudraient se joindre à moi ?

Je levai le bras. J'étais moi aussi irrémédiablement attirée par cet endroit que je sentais bienfaisant.

— Je veux bien me joindre à ton expédition ! Qui d'autre voudrait venir avec nous ?

Simon prit la parole à son tour :

— Étant spécialiste des réserves naturelles, ma maîtrise des chemins, tracés ou non, sera très utile lors de cette excursion. Je veux bien me joindre à vous !

Je me réjouis de ce soutien espéré, et je ne pus m'empêcher de conclure :

— J'aimerais rajouter un dernier point commun : nous sommes tous curieux et avides d'apprendre. Je crois qu'au fond, nous sommes chanceux !

Alors que nous nous apprêtions à partir, la voix qui nous accompagnait depuis le début s'adressa cette fois-ci à nous tous.

# 4

# Début de notre quête. Journée du 15 août

— Faites attention ! dit-elle. Cette planète est un véritable trésor de beauté, mais lors de votre expédition, il faudra que vous vous montriez très attentifs aux signes que vous croiserez sur votre chemin. Il va falloir que vous vous déplaciez, mais pas n'importe comment ! Pour commencer, il faudra que vous arpentiez un petit sentier. Celui-ci se trouve au sud, en contrebas de la colline sur laquelle vous vous trouvez. Pour vous aider à le trouver, la lumière bleue vous indiquera la direction qu'il faudra prendre. Ce petit sentier vous mènera ensuite sur une plage. Tout au long de votre marche, vous devrez vous montrer particulièrement réceptifs à tout ce qui vous entoure. Écoutez bien les messages délivrés, et si tout va bien, vous finirez par trouver une grotte. C'est même le but ultime de votre quête ! Celle-ci représente beaucoup plus qu'un simple abri : elle demeurera votre refuge pour la suite. Elle est l'antre de notre Grande Déesse, celle qui vous a élus pour la rejoindre. Une fois à l'intérieur, vous saurez enfin pourquoi vous avez été conviés. Surtout, ne vous séparez pas avant d'y être, c'est très important !

Après le court silence nécessaire pour intégrer les nouvelles consignes, Adèle prit la parole :

— Cette fois, je crois que c'est clair : il n'est plus question de nous séparer et de faire de petits groupes. Nous devons agir ensemble quoi qu'il arrive jusqu'à ce que nous apercevions la grotte. Si j'ai bien entendu, elle nous a parlé de colline et de sentier descendant. Cécile nous a dit tout à l'heure qu'il lui semblait respirer un air montagnard. Nous avons peut-être un premier élément de réponse quant à la longueur du périple qui nous attend. A priori, nous devrions nous diriger vers la mer. Quelqu'un sait-il comment ne pas dévier d'une direction ?

— Oui, je sais comment repérer les points cardinaux sans boussole ! répondit Simon. Pour cela, il suffit de se fier à la position du soleil dans le ciel. Depuis que nous sommes arrivés, à l'aube, je n'ai pas arrêté de suivre sa progression. Là, comme il est à son zénith, nous sommes en plein milieu de la journée. Heureusement que j'ai repéré l'ouest avant, sa direction, ça nous évitera d'avoir à attendre longtemps pour nous rassurer. En descendant de ce côté, nous nous dirigerons effectivement vers le sud !

Nirvelli, attentive et discrète jusque-là, parla à son tour :

— C'est une très bonne explication, Simon ! Mais je reste dubitative... Qui nous dit que nous sommes dans notre système solaire ? Et quand bien même nous serions dans un système équivalent, est-ce que toutes les planètes y tournent dans le même sens ? Je crois que nous cherchons tous des éléments rationnels, ou du moins des éléments que nous connaissons dans nos vies. C'est tout à fait naturel, car plonger dans l'inconnu est très inconfortable... Mais je crois aussi qu'il faudrait que nous lâchions toutes nos connaissances afin d'être plus ouverts à ce qui nous entoure ! Il serait peut-être plus sage de suivre les consignes en attendant que la lumière bleue vienne à nous, même si cela nous rend passifs, car c'est elle qui doit nous guider jusqu'au fameux sentier. Peut-être que nous pourrions tous regarder dans des directions différentes avant de partir ? Ainsi, à nous tous, nous risquons même de l'apercevoir d'ici ? Qu'en dites-vous ? demanda-t-elle.

— Très bonne idée, Nirvelli ! répondit Alioune. Le mieux pour cela serait de former un cercle tourné vers l'extérieur, afin d'obtenir une vue à 360 degrés. Ainsi, nous pourrons rester unis et soudés dans cette observation, sans pour autant que sa présence puisse nous échapper.

Sans plus attendre, la position suggérée par Alioune fut adoptée. La chaleur humaine qui se diffusa entre nous apaisa la sensation de froid qui m'avait envahie depuis que nous avions reçu ces nouvelles consignes. J'eus même le sentiment que cette sensation n'était apparue que pour le plaisir de la faire disparaître par notre union.

*La suite de cette expédition se vivra à sept et non plus en tête à tête avec nous-mêmes, comme lors de la traversée vers ce Nouveau Monde,* me dis-je.

*Absolument !* me répondirent les autres par la pensée.

Alan entonna la mélodie d'un chant irlandais. Sa voix était très douce et pure. Je rejoignis naturellement son chant en improvisant une deuxième voix. Alioune ajouta un rythme à l'aide de ses mains sur ses genoux, sa poitrine et même ses joues. Les rythmes africains savamment dosés se mêlaient parfaitement à cette mélodie irlandaise. Ici, apparemment, le fossé des cultures musicales n'existait pas, à mon plus grand bonheur. Les autres se balancèrent, bercés par la douceur de la mélodie. Avant que je ne puisse culpabiliser de cette détente bienheureuse alors que nous n'avions même pas commencé à chercher, un halo lumineux bleu surgit comme par enchantement. Cette lumière semblait avoir été guidée par les vibrations de nos voix. Elle se déplaça, nous indiquant clairement la voie à suivre. Il ne nous restait plus qu'à la suivre, sans arrêter de chanter.

Le halo disparut subitement, au moment même où Adèle repéra un arbre, dont le gigantisme aurait pourtant dû nous captiver bien avant. La grosseur de son tronc, avec ses nombreuses spirales et ses aspérités parfois biscornues, attestait d'un âge avancé. Ses branches, vertes et dentelées, semblant chatouiller le ciel, se mirent à se balancer, dans un signe d'invitation. Il ressemblait à un chêne, mais sa forme différait de ceux que j'avais l'habitude de voir dans nos forêts.

— On dirait bien qu'il veut communiquer avec nous ! s'exclama Nirvelli. Collons nos oreilles sur son tronc et écoutons-le !

Nous fîmes corps avec ce géant, et au bout de quelques instants d'écoute attentive, nous entendîmes effectivement une voix sourde, hélas incompréhensible, qui montait de ses racines, portée par sa sève. Alors que je ne parvenais vraiment pas à interpréter son langage, Nirvelli s'emporta :

— Il parle ! C'est incroyable ! Il dit qu'il est un vieillard bien fatigué. Il a vu tant de choses dans sa très longue vie !

Nous ne bougions plus, fascinés. Nirvelli captait le message des arbres. C'était prodigieux.

— Ce vieil arbre me dit que malgré son grand âge, il n'a jamais vu d'êtres nous ressemblant. Il est très curieux et ne cesse de me poser des questions ! Ce grand sage me dit qu'il a reçu un message ce matin même porté par le vent, lui demandant d'indiquer à des individus étranges le chemin à prendre pour trouver un petit sentier. Il est sûr que nous sommes les êtres étranges. Il ne sait pas ce qu'est un sentier, mais il peut nous indiquer sa direction grâce à la position de ses branches, qu'il fera bouger avec toute sa force. Cela va lui demander un gros effort, mais il peut le faire ! Il nous demande de nous écarter de lui pour pouvoir agir plus librement. Il me dit aussi que nous verrons bientôt ses nombreux enfants. Nous saurons alors que nous nous trouvons sur la bonne voie. Ils seront en effet notre premier repère. Ensuite, nous devrons continuer encore et encore, toujours en suivant les arbres, mais il ne sait pas par où. Son aide s'arrêtera là !

Il secoua avec vigueur ses branches, et toutes se lièrent les unes aux autres pour prendre la forme d'une flèche.

— Merci ! lui lança Nirvelli. Et surtout, bravo !

Le vent nous souffla sa réponse, que nous pouvions tous entendre cette fois :

— Il n'y a pas de quoi ! Je vais maintenant pouvoir reprendre mon sommeil. Je suis tout de même très vieux et un peu grippé ! Bonne chance à vous tous pour la suite !

Très vite, comme il nous l'avait promis, d'autres arbres semblables à lui apparurent. Aucun doute possible sur le fait qu'ils soient ses enfants ! Bien moins grands, ils n'en étaient pas moins majestueux. Je n'avais jamais vu de troncs de cette taille si proches, pour ne pas dire collés les uns aux autres. Alors que sur Terre, c'est la course à l'enracinement et à la lumière, ici, ils semblaient avoir partagé l'espace mathématiquement. Peut-être se nourrissaient-ils autrement ? Dans la coopération ? Ce monde était vraiment dépaysant !

Des conifères prirent le relais. Enfin des arbres que nous connaissions ! Par la suite, Bào reconnut des ginkgos, surnommés « arbres de vie ». Le petit sentier, très discret, commençait à se dessiner clairement au milieu de tous ces arbres.

Enfin, nous l'avions trouvé ! Nous n'avions plus qu'à suivre cette route. Celle-ci étant cernée par des rangées d'arbres, je me revis dans la fusée, avant de décoller pour arriver dans ce Nouveau Monde. Les murs que j'avais sentis m'avaient rassurée. Ici, c'étaient des arbres verts, bien ordonnés. Au fur et à mesure de notre marche, le sable vint remplacer l'herbe sous nos pieds. Étonnamment, personne ne semblait se fatiguer de cette longue randonnée. Nous étions passionnés de voir les arbres changer de forme, de taille et de proximité. Nous étions, en quelques heures, passés des enfants bien rangés de notre Sage solitaire aux conifères très larges, puis aux ginkgos si robustes, pour arriver aux cocotiers. L'océan devait être très proche, désormais.

Alors que nous étions extrêmement attentifs à tout ce qui nous entourait, Bào, soudain animé, leva les bras pour nous indiquer de nous arrêter. Le cercle se reforma naturellement entre nous sept. Il s'adressa à nous :

— Ça y est, nous sommes arrivés à la plage ! s'exclama-t-il. Regardez dans cette direction. Voyez-vous ce que je vois ?

Un bel oiseau brun à bec bleu, venant du large, volait vers nous. J'étais éblouie par sa beauté et sa grâce. Je n'en avais jamais vu de cette couleur. C'était aussi le premier animal que nous avions la chance de rencontrer depuis notre arrivée.

— Incroyable ! dit-il. Il s'agit d'un Fou brun ! Son nom savant est *Sula leucogaster*. Nous pouvons en observer dans les îles du Vent, en Polynésie française, au large du Pacifique. Il s'agit d'une espèce protégée qui, heureusement, prospère à nouveau. Mais attendez ! Les oiseaux, ici, seraient-ils les mêmes que sur Terre ? Alors là, je n'en reviens pas !

Le Fou brun s'approcha de nous. Avec beaucoup d'efforts, apparemment, il vint se poser le plus élégamment possible à côté de moi. Loin d'être agressif, il cherchait au contraire un contact amical. Nous profitâmes de sa visite pour nous asseoir, ce qui le rassura visiblement. Nous devions être des géants pour lui ! Je brûlais d'envie de le caresser et Bào m'y invita.

— Tu peux y aller ! C'est un oiseau totalement pacifique. À le voir de plus près, je peux reconnaître un mâle adulte. Chez cette espèce d'oiseaux, le mâle est légèrement plus petit que la femelle qui a un bec de couleur pêche, contrairement à celui-ci qui est bleu. Il n'est jamais menaçant, sauf si quelqu'un s'approche de son nid. Mais ce n'est visiblement pas le cas.

Je caressai ses plumes lisses et soyeuses et décidai de le surnommer affectueusement Choco, en référence à la couleur du plumage de son dos et en hommage à cette gourmandise faisant mes délices. Choco possédait un bec bleu assez large sur sa base, s'effilant jusqu'à la pointe, un dos marron, contrastant avec le blanc immaculé s'étendant du milieu de sa poitrine à sa queue. Ses pattes jaunes, palmées, attestaient de son statut d'oiseau marin. Je n'avais jamais vu d'oiseau aussi exotique ! Il présentait un ventre légèrement arrondi. La nourriture devait être abondante ici, et il avait dû prendre un bon repas en mer avant de venir vers nous. Il vint s'installer sur mes genoux, trouvant manifestement sur mes jambes un support bien plus moelleux que le sol chaud qui lui agaçait les pattes. Nous étions attendris face à son attitude : tel un comédien cherchant à épater la galerie, il mit son aile droite sur son gosier, dans un geste théâtral. Ses mouvements de tête ressemblaient à ceux d'un orateur s'éclaircissant la voix avant un long discours.

À notre grande surprise, il prit effectivement la parole :

— Bienvenue à vous ! dit-il d'une voix éraillée.

Nous ne rêvions pas : Choco parlait vraiment ! Ce langage universel, après nous avoir fait la surprise de bannir les barrières de langues entre nous, s'étendait même au monde végétal et animal.

— Je suis heureux de vous accueillir ! La messagère de notre Grande Déesse m'a averti de votre arrivée et elle m'a désigné pour être votre deuxième messager. Le précédent était un arbre, à ce qu'elle m'a dit, et je n'étais pas si sûr de vous voir arriver ! Alors, maintenant, écoutez-moi bien : marchez toujours droit devant, jusqu'à une plage de sable fin très blanc. Vous pouvez d'ores et déjà enlever vos chaussures, qui se révéleront vite gênantes. Lorsque vous y serez, il sera plus prudent de vous avancer dans l'eau du lagon, jusqu'à ce que celle-ci atteigne vos mollets. Ne cessez jamais d'observer ce qui vous entoure. Je vais m'envoler en direction de cette plage, vous n'aurez qu'à suivre ma trajectoire !

— Merci Choco ! dis-je en le soulevant sous les pattes pour faciliter son envol, lui prodiguant une dernière caresse au passage.

En découvrant son surnom, il eut d'abord une réaction de grande surprise. Mais, se reprenant, il se redressa sur ma main et releva le bec. Sa nouvelle attitude me parut presque arrogante. Il nous expliqua son interprétation très personnelle du mot « choco », ayant amené ce changement d'attitude.

— Ce surnom me plaît ! Il me définit bien, je trouve.

Mimant des mouvements de boxe avec son aile droite, il reprit :

— Attention, voici venir Choco, ça risque de cogner !

Il tomba sur le dos, emporté par son élan. Alan le récupéra avant qu'il ne touche le sol. Il ne se démonta pas pour autant et se releva aussi vite qu'il le put, dans la main d'Alan cette fois :

— Je pense que ma femme va être impressionnée ! Elle qui me trouve parfois trop conciliant et trop doux, je suis enfin reconnu dans mon vrai caractère !

Il se mit à rire, d'un rire aigu et tellement communicatif qu'il se propagea à nous tous. Il ne connaissait pas le chocolat, cet oiseau venu d'on ne sait où, sur cette terre inconnue. Il finit par voleter autour de nous, encore hilare.

Il reprit son sérieux :

— D'ailleurs, je dois la remplacer pour qu'elle puisse à son tour partir chercher de quoi nourrir nos jumeaux. Un mâle et une femelle, voraces et très éveillés. Ils sont nés il y a seulement quelques jours. Nous n'avons pas encore trouvé de prénoms, d'ailleurs. Leur mère doit aussi penser à s'alimenter elle-même avant de leur ramener du poisson, comme je vais le faire maintenant !

Ainsi, son petit ventre rebondi était le réservoir d'un bon repas pour ses deux oisillons affamés.

Alan ajouta, d'un air complice :

— Je sais ce que c'est que d'avoir des jumeaux. J'ai eu mes deux filles en même temps. C'est plus de travail pour les parents, mais c'est un tel bonheur de les voir si complices !

— En effet ! lui répondit notre ami volant. Ils se chamaillent sans cesse, mais ils dorment lovés l'un contre l'autre. C'est la première fois que nous avons des jumeaux et je dois dire que je suis sous le charme ! Pouvez-vous me donner vos prénoms, s'il vous plaît ? Cela pourrait m'inspirer.

Après avoir souri devant la sonorité de nos prénoms respectifs, il finit par déclarer :

— C'est décidé ! Je vais les appeler Adèle et Alan ! Comme ça, ils commenceront par le son « A » tous les deux. Bon courage à vous pour la suite !

Choco s'envola cette fois pour de bon vers le large.

— Eh bien c'est la meilleure ! dit Alan en regardant Adèle. Il y a maintenant, sur cette Terre inconnue, deux oisillons qui portent nos prénoms !

Alioune était émerveillé. Après avoir longuement observé cet oiseau excentrique, il nous dit soudain, un peu inquiet :

— J'ignore ce qui nous attend sur cette plage, mais une fois que nous y serons, je pressens que nous devrons être de fins observateurs. Aussi, je propose qu'une fois dans le lagon, nous nous répartissions les champs d'observation. Il faudrait un groupe qui guette en direction du large, à l'affût d'un possible danger marin, un autre groupe qui surveille du côté des terres, dans les arbres et même au niveau du sable. Et enfin, l'un d'entre nous pourrait s'inquiéter du ciel, mais aussi regarder régulièrement derrière nous, afin d'anticiper une éventuelle offensive d'où qu'elle vienne. Qu'en pensez-vous ?

— C'est une bonne idée, répondit Simon, mais restons cool ! Il n'y aura peut-être pas de danger, mais une aide, qui sait ?

— Certes ! Mais nous ne sommes jamais trop prudents ! Alors, qui est partant pour observer la côte ? Il faudrait des personnes ayant une bonne vue.

Simon, Nirvelli et Alan levèrent la main en guise de réponse.

— Bien ! Maintenant, qui veut s'occuper d'observer l'autre côté ? L'océan, l'horizon, les espèces peuplant les fonds marins ?

Je me sentais prête. Adèle et Bào également.

— C'est donc naturellement à moi de m'assurer du ciel et de nos arrières. Je crois que nous sommes parés au mieux tant que nous resterons ensemble ! dit-il pour finir.

Notre marche ne dura pas longtemps. Notre souffle s'arrêta quelques secondes devant la pureté et la beauté infinie du paysage qui se dévoila devant nous. Sur Terre, cet endroit aurait certainement été qualifié de huitième merveille du monde. Les éléments cohabitaient harmonieusement, et le sentiment de quiétude qui émanait du lieu nous toucha en plein cœur. Libérés de nos chaussures, nos pieds s'enfoncèrent délicatement dans le sable tiède, doux et accueillant.

Simon, jusque-là vif et curieux, se mit à marcher plus lentement et prudemment, surtout après notre entrée dans l'eau. Sans échanger un mot, chacun d'entre nous observa avec sérieux chaque parcelle de cette plage immaculée, ainsi que le large.

Lorsque l'eau du lagon atteignit mes mollets, je fus saisie par un appel venant de sous mes pieds. Un lien invisible me lia à la vie sous-marine. Mes yeux ne purent quitter cet enchaînement d'images. Une multitude de poissons de toutes tailles, formes et couleurs se déplaçaient avec autant de rapidité que d'élégance, s'approchant de mes pieds avec surprise et curiosité. Cet océan fourmillait d'une vie agitée et surtout très bruyante ! Je m'éloignai de quelques pas des autres, jusqu'à ce que mes genoux soient dans l'eau. Les plus petits poissons, colorés et vifs, se déplaçaient en bancs, comme une parade ancestrale pour tromper l'ennemi. Les plus grands, affamés pour certains, restaient immobiles, à l'affût, attendant l'arrivée de leur repas avec patience et ruse. Les crabes et autres crustacés, alertes, entrèrent pour certains dans leur coquille. D'autres s'enfouirent dans le sable, se sentant observés.

Alan poussa un cri étouffé, ce qui me fit sursauter et revenir immédiatement près d'eux. Il scrutait l'ombre d'un arbre, au loin. Nous fûmes tous interpellés par une vision complètement saugrenue dans ce lieu : deux loups gris, d'une taille impressionnante, nous dévisageaient de loin. Il s'agissait de géants venus d'une autre dimension ! Ils semblaient pour leur part davantage surpris qu'inquiets. Néanmoins, la tension était palpable et leurs crocs bien apparents. Soudain, le plus âgé et expérimenté avança, décidé à connaître la raison de notre présence ici. Il se mit vite à hurler, cherchant l'aide de sa meute. Aussitôt, cinq loups, tous aussi gros que lui, le rejoignirent.

— Qui êtes-vous ? demanda-t-il sèchement.

— Nous sommes des êtres humains, et nous ne faisons que passer. Nous ne vous voulons aucun mal ! répondit Alan.

— Des êtres humains ? hurla le loup. Je n'ai jamais entendu le nom de cette espèce, et je n'ai jamais vu d'individus aussi bizarres ! Même si vous ne me semblez pas féroces ou dangereux, je préfère vous savoir loin de mes terres ! Je n'aime pas être envahi par des êtres que je ne connais pas !

Une louve magnifique s'approcha de lui :

— Ce que tu peux te montrer fermé d'esprit quand tu t'y mets ! Bonjour l'accueil réservé aux étrangers ! « Tes terres ! » Non, mais je rêve ! Tu penses donc que cette terre qui te nourrit et t'héberge n'appartient qu'à toi ? C'est vraiment le toupet ! Quel égocentrisme ! Monsieur Grand Loup, qui s'est proclamé chef, devrait se montrer plus humble, à mon avis ! C'est ainsi que tu veux que nous élevions nos enfants ? Chasser et faire peur à ceux que nous ne connaissons pas, avant même d'échanger plus longuement avec eux ?

— Euh… oui… enfin, non ! Bien sûr que non… répondit-il, visiblement penaud.

— Tant mieux, car ce n'est absolument pas ma vision des choses ! D'ailleurs, les enfants, venez ici !

Aussitôt, trois louveteaux adorables vinrent entourer leurs parents en poussant des petits cris de joie. Ils n'attendaient que l'appel de leur mère pour sortir de leur cachette.

— Oh, maman, ils sont rigolos, ces drôles de flamants roses ! s'écria une petite femelle aux yeux d'or.

Des flamants roses… Avaient-ils une bonne vue ? Sans nous concerter, nos regards se posèrent sur Alioune, loin d'être rose. Il avait envie de rire. Nous aussi, d'ailleurs.

— Rigolos, peut-être, mais ils n'en restent pas moins des êtres vivants sensibles ! Nous leur devons donc le respect ! répondit leur mère. Et puis, ce ne sont pas des flamants roses, voyons ! Leur position à deux pattes est certes pour le moins étrange, je le conçois, mais que veux-tu qu'ils nous fassent ? Et puis, où as-tu vu des plumes ? Et un bec ? Vous voyez bien que ce sont des mammifères comme nous ! Ils sont positionnés en position verticale. Je suis admirative devant les extrémités de leurs pattes avant, avec cinq longs doigts. L'un d'entre eux a annoncé à votre père que leur espèce s'appelait « être humain ». Je les surveille depuis tout à l'heure, alors que votre père ronflait bruyamment et que vous dormiez sagement. Ce que j'ai pu observer d'eux n'a rien d'angoissant, loin de là. Ils se déplacent en meute, comme nous : nous avons au moins ce point commun. Et puis, j'ai repéré une femelle qui s'est reliée à l'océan et qui communique avec les habitants du lagon !

Je compris qu'elle parlait de moi. En effet, le lien ne s'était pas rompu malgré notre échange avec eux. Les crabes se demandaient aussi qui nous étions, avec nos pattes si longues, non palmées et non munies de pinces. Je pris naturellement la parole pour m'adresser à elle :

— Vous êtes vraiment une magnifique louve, Madame ! Et vos enfants sont très beaux et attendrissants ! Votre générosité et votre indulgence nous touchent. Les extrémités qui vous fascinent s'appellent des mains. Elles sont en effet la force de notre espèce et une évolution qui nous a permis d'accomplir des prouesses. Comme disait Alan tout à l'heure, nous ne sommes que de passage et nous sommes à la recherche d'une grotte, où nous attend la Grande Déesse. Savez-vous où nous pourrions la trouver ?

La louve s'approcha de nous pour nous parler discrètement, comme si elle nous divulguait un secret :

— Pour tout vous avouer, j'ai reçu au petit matin un message d'elle, dans mon rêve, m'avertissant que des êtres à quatre pattes, mais ne se déplaçant que sur deux d'entre elles viendraient ici. Je me suis demandé si tout cela n'était pas juste le fruit de mon imagination. Mais apparemment, non ! Mon rêve était donc bel et bien un appel de sa part. Je ne peux malheureusement pas vous indiquer la direction de la grotte, car je ne la connais pas... Mais je peux vous dire que votre gros rocher fendu ne se trouve pas sur l'île aux loups. C'est ce qu'elle m'a demandé de vous transmettre comme information.

Elle revint près des autres pour nous parler plus fort :

— Il est donc inutile de vous hasarder ici... Voilà pourquoi il est préférable pour vous de continuer votre recherche ailleurs. Nous vous souhaitons néanmoins bon courage pour la suite et nous vous envoyons toutes nos ondes positives !

— Au revoir les flamants roses ! nous lança un petit.

— Non, pas flamants roses : humains ! répondit son père. Apprends ce mot, mon fils, il pourra nous être utile.

— Vous allez me manquer ! Je vous aime bien, moi ! dit enfin le dernier louveteau qui ne s'était pas encore exprimé.

Sa mère vint lui lécher le museau. Les loups, un peu à regret, repartirent dans les terres, et nous les vîmes s'éloigner vers la montagne, où devait se trouver leur tanière.

Nirvelli était émue. La vision des loups lui rappela son pays et elle eut du mal à contenir ses larmes.

— Des loups… Vous savez que c'est mon animal totem ? Certains loups, il y a très longtemps, se sont liés aux humains, trouvant dans cette collaboration des bénéfices des deux côtés. Ils se sont alors appelés : chiens. Mais d'autres ont préféré rester libres de toute emprise humaine, en gardant leur appellation de loups. Grands observateurs, ces derniers ont bien vu ce que les humains ont fait des malheureux chiens au fil des millénaires : des esclaves ! Même si les humains qui les considèrent comme des membres de leur famille et les couvrent d'une affection réciproque sont largement majoritaires, aucun loup digne de ce nom n'accepterait une aliénation pareille ! Chez eux, le sens de la famille et de la meute passe avant tout. Ils n'hésiteraient pas à se sacrifier pour sauver les autres membres de leur meute, notamment les plus fragiles… Ils sont restés sauvages, c'est-à-dire libres de toute emprise, et à ce titre, ils ont endossé dans l'imaginaire collectif une menace à abattre. À croire que tout ce que l'humain ne peut pas asservir est directement méprisé et montré du doigt comme étant la cause principale de tous les malheurs qui le frappent ! C'est ce qui explique que symboliquement, dans les contes pour enfants et légendes anciennes, ils ont endossé le rôle de mangeurs ou kidnappeurs d'enfants, de violeurs, de tueurs en série ou d'êtres féroces et cruels ne montrant aucun signe de douceur ni de tendresse, uniquement centrés sur leurs pulsions meurtrières et machiavéliques. Ces gens-là n'ont jamais vu comment les loups se comportent entre eux : c'est complètement l'inverse qui se passe ! Je les admire tant…

Encore une fois, elle avait visé juste… En France et partout ailleurs en Europe, ceux-ci étaient très présents encore au Moyen Âge dans les montagnes et forêts, puis disparurent au cours des siècles suivants dans des battues sanguinaires aussi violentes que déloyales… Lequel, de l'être humain ou du loup, se montrait le plus sauvage dans ce génocide, loin d'être fini, d'ailleurs ? Ils avaient bien raison de se méfier de nous.

— Chez moi, en Irlande, j'ai la chance d'en observer parfois, de très loin, rebondit Alan. Ils sont extrêmement préservés malgré les nombreux pâturages. Les Irlandais ont enfin compris que l'équilibre de la nature dépendait de tous ses habitants. Depuis qu'ils sont protégés, la nature se porte bien mieux, car ils régulent les populations de chevreuils, qui dévastaient autrefois les jeunes pousses d'arbres. Comme ils se reproduisent de plus en plus, nous pouvons parfois les observer avec des longues-vues. Ils ne s'approchent jamais des habitations, gardant sûrement dans leurs gènes la peur de l'Homme. Par contre, ils sont bien plus petits chez nous, de la taille d'un berger allemand. Ceux-là sont issus d'une autre dimension, ce n'est pas possible autrement !

— Je comprends votre émotion à vous deux. Ce que vous dites est très important, dit Simon. Chez nous aussi, ils sont enfin protégés. Après avoir complètement disparu du territoire français, ils sont enfin revenus dans les montagnes en France. C'est une très bonne chose !

— Voilà qui me réjouit, dis-je. Les loups seront enfin protégés et préservés dans le futur ! Comme tu peux te l'imaginer, c'est loin d'être le cas encore… Comme ils manquent de proies naturelles dans les forêts, ceux qui se hasardent dans nos montagnes s'attaquent parfois aux moutons qui paissent, et à ce titre, ils sont sauvagement abattus par des chasseurs. Pauvres loups qui souffrent eux aussi du déséquilibre de la nature induit par l'Homme… Son avenir au moins s'annonce meilleur !

— Cet échange est très intéressant, reprit Simon, mais revenons à ce que nous a dit la louve, si vous le voulez bien… Si la grotte ne se trouve pas sur la terre ferme, peut-être se trouve-t-elle dans l'océan ?

— Ou bien sur une autre île ? suggéra Bào.

— Oui bien sûr ! Pourquoi est-ce que je n'y ai pas pensé plus tôt ! répondit Simon. Je crois qu'il ne nous reste plus qu'une chose à faire… Vu que je ne vois rien qui puisse nous transporter sur l'eau, il ne nous reste plus qu'à chercher… à la nage ! Est-ce que tout le monde ici sait nager ? demanda-t-il.

Personne ne frémit. De toute façon, nous n'avions plus le choix… D'un même bond, nous nous retrouvâmes au large. Nous allions anormalement vite, comme si des palmes géantes s'étaient miraculeusement greffées à nos pieds.

Des rires au loin attirèrent notre attention. Une bande de dauphins jouaient, et ils paraissaient absorbés par une course où chacun commentait la vitesse des autres.

— Allez, papa, tu perds le rythme ! dit une jeune femelle, défiant son père.

— Non, mais tu t'es vue quand tu nages, aussi ? On dirait une furie ! Presque aussi rapide que moi à ton jeune âge ! répondit ce dernier.

— Non, plus rapide, tu veux dire ! le coupa-t-elle.

— Admettons ! Cela voudrait dire que je t'ai transmis ma vitesse légendaire et je n'en suis pas peu fier ! finit-il par répondre, apparemment gonflé d'orgueil.

— Oui, peut-être, mais j'espère qu'elle se montrera plus modeste que son père ! lui renvoya son épouse, arrivée sur ces entrefaites.

Ils s'approchèrent de nous, et nous pouvions à présent les détailler assez finement. Machinalement, nous levâmes nos bras dans leur direction pour les appeler. Leurs ricanements et sifflements mélodieux s'adressèrent cette fois à nous : ils nous avaient enfin repérés !

— Ah tiens… Qui sont ces êtres bizarres qui nagent bien maladroitement ? s'exclama un jeune dauphin.

— En effet, je n'en avais jamais vu avant ! dit la jeune sprinteuse, intriguée.

— Je n'en ai jamais vu non plus, répondit une femelle âgée, mais nos ancêtres nous ont souvent parlé d'une espèce de mammifères terriens très évolués qui auraient maîtrisé le monde par le passé ! Certains disent encore qu'ils ont bien failli nous conduire à l'extinction… Ils étaient, selon leurs propres termes, moches, avec une peau inadaptée à l'eau, pourvus d'espèce de déguisements qui cachaient tout leur corps en dehors de leur tête, et surtout vraiment empotés. Selon eux toujours, ils avaient une espèce de voix inharmonieuse, ou du moins bien désagréable à l'oreille. Ils utilisaient leur gorge pour produire des sons et semblaient communiquer ainsi entre eux. Ils faisaient drôlement rire ceux qui les entendaient ! Ils ne connaissaient ni l'écholocalisation ni les claquements ultrasoniques qui leur auraient permis de s'orienter dans l'eau. Ils flottaient sur l'eau grâce à d'énormes engins en matière dure et froide, sur lesquels ils marchaient. Vu la curiosité qui nous caractérise, vous pensez bien que nos ancêtres leur ont rendu visite à chaque fois pour les voir de plus près, les entendre et aussi entrer en contact avec eux… Mais leurs ressentis les poussaient à la méfiance… En plus de cela, ils utilisaient pour chasser des techniques de fainéants : ils jetaient des filets qui piégeaient beaucoup de nos semblables, certes apparemment involontairement, mais bon… La nature se moque des intentions, seul le résultat compte, et il n'est pas glorieux… Beaucoup de nos anciens se sont retrouvés asphyxiés au fond de ses filets… Une fois que le nombre de victimes était atteint pour eux, ils remontaient les malheureux à la surface. Les poissons étaient immédiatement tués et les mammifères comme nous étaient pour certains déjà morts… D'autres, plus chanceux, mettaient tout de même des jours à se remettre et restaient traumatisés. La légende dit aussi que parfois, ils capturaient un enfant ou adulte dauphin, et il disparaissait alors à tout jamais ! Comme ça, sans raison !

Un cri d'effroi saisit les autres dauphins à l'évocation de cette tragédie.

— Selon nos anciens, ils étaient extrêmement dangereux malgré leur taille ridicule et ont bien failli exterminer la vie sous-marine, alors qu'ils étaient des mammifères terrestres !

— Oui, certes, je perçois bien ta peur et ta colère, grand-mère, mais cela reste des légendes, dit un jeune mâle d'un ton provocateur. Cela fait de nombreuses générations que nous n'en avons pas vu, en tout cas ! Et puis, après tout, doit-on croire tout ce que racontent nos anciens ?

— Je t'interdis de traiter nos anciens de gâteux, mon fils ! répondit sa mère. Tu as beau être jeune, n'oublie pas que l'essentiel de nos connaissances et même de notre culture nous a été transmis par eux !

— Oui, excuse-moi, maman, mais j'ai du mal à croire cette histoire de destruction de vie sous-marine par une espèce terrestre, vivant sur ce petit bout de globe… Et puis qui vous dit que ce sont les mêmes êtres ? Les déguisements ? J'avoue que la ressemblance est troublante… Je ne cherche pas à vous convaincre, mais je me dis que, pour en avoir le cœur net, le mieux ne serait-il pas d'aller les observer directement ? Qu'en dites-vous ? En plus, regardez-les ! Ils nagent comme ils peuvent dans cet océan, sans savoir où ils vont… Du moins, c'est ce que je ressens… On dirait bien qu'ils ont besoin d'aide… Je refuse qu'au nom de légendes anciennes, nous laissions tomber d'autres êtres en souffrance !

— Bien, mon fils, tu as gagné ! Tu as raison sur ton dernier point : cela n'honorerait pas notre peuple dauphin. Je viens avec toi ! Ceux qui veulent nous suivre, vous le pouvez !

Aussitôt, une foule d'ailerons fonça vers nous. Leur rapidité surpassait de très loin la nôtre et ils nous encerclèrent en un clin d'œil. Jamais de ma vie je n'avais pu observer des dauphins de si près. Nous les regardions avec tendresse. Adèle tenta même une approche avec une femelle âgée, peut-être celle qui avait conté les légendes anciennes, et celle-ci semblait apprécier le contact des mains de notre amie, abandonnant visiblement son appréhension concernant des êtres qu'elle ne connaissait pas et qui l'effrayaient.

Je me décidai à prendre la parole :

— Bonjour, les dauphins ! Nous vous avons entendus relater les mésaventures de vos ancêtres. Je ne sais pas trop quoi vous dire... J'ai bien peur que nous soyons ces êtres moches, malhabiles dans l'eau, déguisés avec ce que nous appelons des habits et pourvus de voix inharmonieuses... Notre nom est « êtres humains ». Notre voix est-elle si comique ?

En réponse, les dauphins se mirent à rire bruyamment pendant quelques secondes. La mère du jeune mâle qui avait pris notre défense, apparemment plus sensible et sage que les autres, coupa vite leurs moqueries :

— Arrêtez donc de faire les imbéciles ! D'accord, nous n'avons jamais entendu de sonorités pareilles, mais une fois que je m'y suis accoutumée, je ne trouve pas cette voix si moche... Pas vous ?

Tous devinrent songeurs, sauf un adulte d'un certain âge qui ne parvenait pas à cesser ses ricanements. Il ne semblait pas pouvoir les maîtriser, malgré ses efforts apparents. Dès qu'il se calmait, ses rires reprenaient de plus belle.

*Nous voilà face à un dauphin qui a un fou rire,* pensais-je en riant.

— Désolé, c'est nerveux ! justifia-t-il.

— Oh, ça va, Alfred, toi, dès qu'il y a un élément qui te dépasse, tu ris sans pouvoir t'arrêter ! Tu es insortable ! lui reprocha une femelle.

— Je rejoins le point de vue de ma mère, dit le jeune curieux. Elle n'est pas horrible, sa voix ! Elle est même riche en sonorités intéressantes ! Nos anciens ont largement épaissi le trait à mon sens. Mais c'est vrai que ça prête à rire au début !

Ce fut là que les rires de mes six amis retentirent à leur tour. Ils ne pouvaient plus se retenir devant ces voix suraiguës qui se posaient en référence du bon goût :

— Ah, ça, par contre, ça ressemble bien à nos propres rires ! dit Alfred, ayant enfin réussi à se maîtriser. Bonjour à vous, humains ! Que faites-vous ici, au milieu du lagon, loin des terres, sans vos engins de flottaison ?

— Nous sommes à la recherche d'une île contenant la grotte qui doit nous servir d'abri, répondit Adèle. Nous savons que cette grotte ne se trouve pas dans l'île aux loups géants, puisqu'ils nous l'ont dit, dit-elle en dirigeant son menton dans leur direction. Nous reprenons notre recherche à zéro, avec confiance !

— Oh… Cette fois, je crois que c'est clair : vous êtes bel et bien perdus ! dirent-ils tous d'une même voix. Mais pourquoi êtes-vous ici ?

Bào nous regarda tous les six et prit la décision d'expliquer notre situation :

— Pour être honnêtes avec vous, nous n'en savons rien. Nous sommes arrivés en fusée, ou du moins un engin spatial ce matin. Avant d'être ici, nous dormions tous. Nous sommes donc normalement tous dans un rêve, ou tout du moins dans une expérience hors du commun. Depuis le début de ce voyage spécial, nous suivons les instructions d'une voix qui s'adresse à nous régulièrement. Après avoir atterri dans ce Nouveau Monde, nous nous sommes naturellement présentés les uns aux autres, puis la voix de cette femme inconnue nous a ensuite demandé de chercher une grotte dans laquelle nous trouverions un refuge et surtout les réponses à nos questions. Grâce aux nombreuses aides que nous avons rencontrées depuis son annonce, à savoir un arbre solitaire, un Fou brun et des loups géants, nous savons que cette grotte ne se trouve pas à l'endroit où nous sommes arrivés, mais bien plus loin. Pourquoi est-ce que nous ne nous sommes pas posés directement devant cette fameuse grotte ? Cela reste effectivement un mystère…

Un éclair vint zébrer le ciel, coupant son dernier mot. Le temps était pourtant parfaitement ensoleillé quelques secondes avant encore… Aucun signe annonciateur n'aurait pu laisser deviner le début d'un orage, surtout de cette violence. L'éclair initial se transforma très vite en une vision surréaliste. Nous ne rêvions pas : le ciel s'adressait à nous ! La vision nous montra clairement une route maritime, ou du moins nous l'imaginions. Les dauphins semblèrent plus réceptifs que nous quant à la compréhension de ce message. Ce qui nous parut très clair en revanche, c'était le symbole représenté au bout de la route… Un rocher fendu : la fameuse grotte, sûrement !

— Bon, cette fois, je crois que c'est limpide ! dit la femelle sage en s'adressant aux autres dauphins. La Grande Déesse s'adresse à nous, peuple dauphin ! Elle nous demande d'emprunter cette route pour aider ces humains à trouver leur rocher fendu. Je ne sais pas vous, mais je n'ai pas envie de lui désobéir !

— Oui, j'ai bien compris cela aussi, Maya ! répondit un mâle, emporté. Mais as-tu bien vu la direction ? Ce serait de l'inconscience pure que de les accompagner alors que nous allons indubitablement croiser la route des requins !

Reprenant son souffle après son agitation, il reprit, déterminé :

— Moi, je reste ici ! Déesse Mère ou pas ! Faites ce que vous voulez, les autres, mais à titre personnel, je ne veux pas me faire croquer pour aider des êtres qui, par le passé, nous ont fait tant de mal !

— Voilà qui ne m'étonne pas du tout de toi ! répondit Maya. Juger des êtres que nous ne connaissons pas uniquement car leurs propres ancêtres nous ont fait du mal par le passé… Penses-tu qu'ils leur ressemblent, eux ? Il vaut mieux que tu restes en sécurité, en effet. Pour ma part, ma décision est prise : je ne les laisse pas tomber et je les accompagne ! D'autant qu'ils ne semblent pas nous vouloir du mal, bien au contraire.

— Ils n'ont pas fait de mal qu'à nos ancêtres, Maya, mais aussi à tout ce qui vit sur Terre et dans l'eau… Demande aux autres êtres qui ont une mémoire ancestrale. Leurs seuls récits me poussent à rester sur ma position… Désolé, dit-il d'un air triste.

— Bien, Oscar, je respecte ton point de vue, et merci de nous avoir livré le fond de ta pensée. Mais seule avec mon fils, nous n'arriverons pas à les tracter tous les sept. Est-ce que d'autres dauphins voudraient m'aider ?

Nombreux furent ceux qui nous rejoignirent. Seuls deux restèrent à côté d'Oscar. Adèle avait la dauphine âgée, celle qui transmettait le savoir, à ses côtés. Elles ne se lâchaient plus, toutes les deux. Oscar prit une dernière fois la parole :

— Même si je reste sur ma position, restez en contact avec nous tout le long du trajet ! Ainsi, nous pourrons appeler du renfort si vous vous trouvez en difficulté. Je reste tout de même persuadé qu'il s'agit d'une folie ! J'espère que vous me ferez mentir…

— Bien sûr que nous restons en contact ! répondit Maya. Et nous comptons sur vous !

Les dauphins s'étreignirent avec un amour évident. Comment certains de mes congénères pouvaient-ils encore douter des liens qui unissent ces mammifères si proches de nous ? Le fils de Maya tint absolument à me porter. Je le remerciai en le caressant. Sa peau était douce et son contact m'était familier. Ainsi assis sur leurs dos, le sentiment de sécurité ainsi acquis nous permit de nous détendre, pour la première fois depuis le début de notre recherche. Maya, en aventurière, se posta devant le grand groupe nouvellement constitué pour s'adresser à tout le monde :

— Maintenant que tout est clair, je crois que nous pouvons y aller. Êtes-vous prêts ? Tous ? Alors, plus de temps à perdre. En route ! cria-t-elle.

Elle claqua sa langue en signe de ralliement et tous les dauphins se mirent à suivre sa trajectoire, même ceux qui ne nous portaient pas sur leur dos. Le fils de Maya, qui s'appelait Milo, m'annonça que sa mère était enceinte de quelques mois. Cela força d'autant plus mon admiration et expliquait le léger renflement de son ventre. Celui-ci ne la freinait ni dans son énergie ni dans sa vitesse. Le temps passait vite en leur compagnie. Sans crier gare, Maya s'arrêta brutalement, forçant tout le monde à freiner, puis s'immobiliser. Nous étions parfaitement attentifs à ce qu'elle avait à nous annoncer. Les dauphins étaient nerveux :

— Attention, nous nous apprêtons à franchir la frontière de notre territoire ! Je vous demanderais de ne faire aucun bruit et de vous mouvoir avec le plus de discrétion possible… Les humains, couchez-vous sur le dos de votre porteur ou porteuse, plutôt que d'être assis sur eux : ainsi, vous serez invisibles, vu d'en dessous. Le grand danger serait de croiser la route des requins, qui ne sont pas nos amis, et c'est une litote ! Nous entrons en effet dans leur territoire… Ils sont, comme vous le savez, nos féroces ennemis ! Vous vous souvenez peut-être du drame qui a touché Ayo, qui trouva la force de nous rejoindre malgré ses très nombreuses blessures profondes, mais qui succomba deux jours plus tard, malgré nos soins et notre amour ?

Les dauphins marquèrent leur peine à l'évocation de ce souvenir. Maya, visiblement affectée par ce sombre souvenir, reprit la parole :

— Si toutefois nous croisions la route d'un requin isolé, notre nombre pourra être notre force ! En effet, si celui-ci nous repère et montre des signes d'agressivité, vous connaissez la technique, enseignée par nos ancêtres pour nous défendre. Je la rappelle au besoin : celle-ci consiste à lui foncer dessus en groupe, l'encercler, et lui donner un grand coup de rostre dans son foie ! Il s'agit d'un endroit très sensible chez le requin, et la douleur infligée le pousserait à fuir très vite… Je confierais ce travail aux dauphins qui n'ont pas d'humains sur leur dos. Si, malgré votre défense, vous vous trouviez en difficulté, les autres se joindront à vous, mais au péril de la vie des humains, qui, comme vous le savez, ne peuvent pas vivre longtemps sous l'eau… Il va falloir jouer serré, car la côte est située à quelques kilomètres pendant lesquels tout écart de conduite pourra nous être fatal ! Rien n'est infaisable, mais je compte sur vous tous pour ne pas vous faire remarquer…

Elle prit une petite pause avant de continuer :

— Autre chose très importante : j'espère qu'aucun d'entre nous, dauphins ou humains, n'est blessé. Et vous, les femmes, j'espère que vous n'avez pas vos lunes ? Car si c'était le cas, cette traversée serait impossible, car comme vous le savez, les requins repèrent la moindre goutte de sang à des kilomètres à la ronde !

Aucun d'entre nous ne présentait le moindre signe de blessure pouvant s'ouvrir, et aucune de nous trois n'était concernée par ses lunes, comme disait Maya. Ces deux risques majeurs furent donc écartés. Je me demandai avec étonnement comment une femelle dauphin n'ayant jusqu'à présent jamais fréquenté d'êtres humains connaissait le fonctionnement de nos cycles féminins… Dans ce monde, décidément, rien n'était rationnel.

Maya continua sa liste de recommandations :

— Si certains d'entre vous sont trop nerveux, je propose que vous fassiez demi-tour et retrouviez Oscar, Fred et Nina. Les autres, vous pouvez me suivre ! Nous avons de la chance, au vu du soleil couchant, il s'agit de l'heure de leur chasse : ils sont donc normalement assez loin des côtes.

Une dauphine âgée proposa de raccompagner ceux qui voulaient retourner à leur lieu de départ. Elle avait repéré le chemin. Le groupe lui faisait entièrement confiance, car elle était experte en sens de l'orientation et très sage. Celle-ci s'adressa à Maya, lui demandant de prendre soin d'elle et du petit qu'elle portait. Trois d'entre eux, dont deux jeunes, la suivirent. Après nous avoir souhaité bonne chance, ils partirent en sens inverse.

Nirvelli, de plus en plus interrogative, regarda Maya :

— Maya, ne pensez-vous pas que nous pourrions communiquer avec les requins, si nous les croisions ? Ma question est peut-être stupide, car je ne connais pas l'histoire qui divise vos deux peuples, mais si nous leur disions que nous ne faisons que passer sans nous attarder, ils ne pourraient pas l'entendre ?

À cette évocation, Maya répondit, mi-amusée, mi-dépitée :

— Ah, nous avons bien avec nous des êtres qui ne connaissent pas notre passé, je n'en doute plus une seconde ! Je comprends votre position, et j'aimerais la partager… Hélas, trop de nos amis sont revenus blessés par les crocs des requins, car ils avaient dû pénétrer dans leur territoire pour trouver de la nourriture. Certains aussi ont agi par imprudence ou provocation, se pensant plus forts que les autres. Beaucoup d'entre eux ont imploré la pitié de ces sauvages, réclamant leur clémence et affirmant qu'il y avait assez de proies pour tout le monde… Mais aucune de leurs supplications ne les a empêchés de se faire attaquer ! Au vu des nombreuses morsures douloureuses infligées aux membres de notre groupe et de ceux des autres groupes amis, restant souvent amochés à vie pour certains et souffrant durant de nombreux jours, nous avons perdu l'espoir de communiquer avec eux… Notre rivalité est liée à nos territoires de chasse : même si l'océan vous paraît immense, il fut un temps où partager les ressources était devenu difficile, voire impossible… Cela remonte à la longue période où la nourriture a manqué… Beaucoup de dauphins mais aussi de requins sont morts d'inanition… Les petits qui naissaient ne survivaient souvent pas aux premières années. Tous les habitants maritimes passaient leur temps à chercher de la nourriture et n'arrivaient même plus à se reproduire dans ce chaos… Cela a créé un conflit majeur lié à un élément inconnu jusqu'à cette période reculée : la famine ! Nous sommes issus de cette histoire-là et nous gardons toujours en nous cette peur de manquer de nourriture.

Sans la moindre conviction dans la voix, elle conclut :

— Mais si nous en croisons un, je vous autoriserai à parler avec lui, si cela peut venir en aide au groupe, et surtout s'il se montre sensible à votre argumentation.

— Merci pour votre réponse, répondit Nirvelli. Je ne savais pas que votre rivalité était si ancienne et ancrée. Je suis peinée d'apprendre qu'un jour vos ancêtres ont eu tellement faim… Je suis vraiment désolée pour vos compagnons blessés et souffrants… Pardonnez mon ignorance…

— Il n'y a pas de quoi ! Vos questions sont naturelles. J'apprends aussi à vos côtés, et même si nous courons un risque, je sens que ma vie sera plus belle après nos échanges !

— Il en sera de même pour nous tous ! répondit Bào, ému. Toute proportion gardée, vous me faites penser à ma Goodness, matriarche des éléphants de notre sanctuaire. Elle non plus n'hésite jamais à venir en aide à des êtres en difficulté. Merci infiniment pour ce que vous faites pour nous, vraiment !

Avec prudence mais détermination, nous franchîmes la frontière du peuple dauphin, tout en étant conscients des risques encourus. Mon corps épousant les formes du dos de Milo, la vie sous-marine s'éclipsa instantanément de mes sensations. Ma phobie d'attaques pouvant survenir sous l'eau et m'entraîner dans les fonds marins se rappela à mes souvenirs au même moment. En effet, même si l'eau est un élément dans lequel je me suis toujours sentie à l'aise, j'ai toujours été paralysée par une peur irrationnelle d'être attaquée par un animal aquatique, en l'occurrence un requin pour l'eau salée, ou bien un crocodile, ou un carnassier aux dents acérées pour les eaux douces des lacs et rivières. Dans mes délires et cauchemars, je me voyais emportée par ces prédateurs, pensant qu'ils n'attendaient que ma venue pour me dévorer intégralement. Cette peur, au milieu de cet océan inconnu, avait toute sa raison d'être, pourtant… Mais le contact d'Ayo fit disparaître ces marques de stress. Il me rassurait : à deux, nous étions plus forts ! Je posai ma tête au-dessus de la sienne, l'encourageant à continuer en pianotant avec mes dix doigts sur son rostre. Il entendit la musique dégagée par mes doigts : le début de la sonate *Au clair de lune* de Ludwig Van Beethoven. Dès que le thème de la main droite se dégagea, je surpris une larme au coin de ses yeux. Milo découvrait la musique, et il semblait interdit.

— Tu sais Milo, lorsque j'ai entendu cette musique pour la première fois, j'avais 14 ans, et je me souviens avoir cessé de respirer quelques secondes tant sa grâce m'avait frappée. Depuis, je joue très régulièrement ce mouvement qui s'appelle *Sonate au clair de lune*. Je ne savais pas que tu pouvais l'entendre. C'est beau la musique, n'est-ce pas ?

— Ce n'est pas simplement beau, c'est tout simplement magique et merveilleux ! C'est vous, les humains, qui avez inventé ces nuances de sons ? Je crois que c'est la plus belle mélodie que j'ai entendue de toute ma vie…

— Ce sont certains humains, oui, Milo. Des humains qui avaient tout cela dans leur tête, leur cœur, leur âme, et qui ont décidé de partager cet enchaînement de notes avec le reste de l'humanité. Nous autres, les interprètes musiciens, nous tentons au mieux de faire vivre leur œuvre qui devient ainsi immortelle, c'est-à-dire que tant que nous la jouons, elle ne meurt pas. C'est cela, l'art. L'art n'a pas de frontières, il est universel. Les animaux et les plantes y sont sensibles aussi.

Le soleil couchant, si ressemblant au nôtre, en plus des animaux rencontrés me confortèrent dans une certitude : il était évident que nous nous trouvions bien sur Terre. Ce qui avait été relaté par les dauphins représentait, hélas, très certainement mon époque… Je me persuadai que nous avions atterri sur notre belle planète bleue dans un futur probablement très lointain. L'eau de l'océan, ici, était dépourvue de déchets. Les humains, s'ils étaient encore présents sur Terre, ne laissaient aucune trace de leur passage.

— Je vois que tu aimes le ciel, toi aussi, me dit Milo. Mon père l'aimait. Très souvent, il me prenait avec lui le soir et il me racontait alors des histoires fantastiques qui n'appartenaient qu'à nous deux ! Un soir, je me souviens lui avoir demandé où partait le soleil pendant la nuit. Voici ce qu'il m'avait répondu : « Le soleil, mon petit, ne part jamais ! Il continue sa trajectoire et part de l'autre côté de l'océan, à un endroit que nous ne voyons pas avec nos yeux, mais qui existe pourtant. Je suis sûr qu'il brille pour d'autres êtres, qui ne vivent pas dans cet endroit du monde. C'est la lune qui vient le remplacer dans le ciel. Elle reflète d'ailleurs sa lumière. Je suis sûr qu'il ne disparaît jamais complètement, tout simplement, car toute forme de vie est dépendante de son énergie lumineuse et de sa chaleur. Le monde ne s'arrête pas à notre territoire. Il est bien plus grand ! Lorsqu'il s'échappe, dis-toi que les étoiles, dans le ciel noir, nous servent de guides. Tu vois, Milo, je suis persuadé que notre vie est à l'image d'une journée avec le soleil : nous naissons, nous grandissons, nous vivons, et puis un jour, nous disparaissons ou partons dans une autre dimension… disons… différente. L'essentiel, à mon sens, c'est que le temps qui passe entre notre naissance et notre mort physique soit le meilleur possible. Si un jour tu es triste, tu pourras imaginer que nos proches disparus continuent à veiller sur nous, perdus dans les étoiles. »

Sa voix se brisa :

— Mon père était Ayo. Ma mère en a parlé tout à l'heure. Ça a été un véritable carnage ! Ce jour-là, il voulait juste ramener un peu plus de poissons pour la famille. C'était sa raison officielle. Mais sa motivation principale était de communiquer avec les requins, afin de voir si nous pouvions nous partager à nouveau nos territoires de chasse, vu que ni les dauphins ni les requins n'avaient peur pour leur survie alimentaire depuis des générations. Lorsqu'il est revenu, le lendemain, il était très blessé… Je n'ai même pas pu compter le nombre de morsures qui parcouraient son corps… Il a réussi à revenir vers nous tous, pour nous faire part de sa défaite dans sa mission. Il a tenté un dialogue, une solution d'entente : en vain ! Nous l'avons entouré de tout notre amour, nous lui avons apporté les meilleurs poissons pour qu'il puisse reprendre des forces, nous nous sommes relayés pour lui tenir compagnie, je lui ai parlé du soleil en lui demandant de ne pas partir dans une autre dimension, mais malgré notre volonté, il est mort deux jours plus tard. C'était il y a quelques années. Depuis ce terrible jour, il m'arrive de regarder les étoiles et d'imaginer que mon père veille sur nous.

— Je suis sûre qu'il veille sur toi et sur vous tous. Il a eu de la chance d'avoir un fils comme toi, et vous pouvez honorer la mémoire d'un dauphin courageux et très intelligent !

Au bout de quelques minutes, Maya marqua enfin un arrêt et s'exclama :

— Bravo à tous ! Nous pouvons enfin souffler ! Nous sommes à nouveau en territoire ami ! Nous n'avons plus rien à craindre ici. Je dois vous dire que vous avez tous été très braves ! Je propose que nous fêtions cette victoire par notre danse de la joie !

Aussitôt, les dauphins, libérés de notre présence sur leur dos, firent des bonds en dehors de l'eau. Milo réussit même la prouesse technique de faire un double saut périlleux en l'air, et lorsqu'il retomba dans l'eau, il continua ses acrobaties sous l'eau, avant de remonter dans un grand éclat de rire. Qu'il était beau !

— Bravo, Milo ! lui dis-je en m'approchant de lui. Je crois qu'on peut te désigner vainqueur ! Je te remets moralement la médaille du dauphin acrobate le plus imaginatif !

Alan, toujours concentré pour trouver une terre, s'agita et se mit à crier :

— Terre ! Terre ! Je vois une île là-bas ! Regardez bien ! Elle est légèrement à notre droite, loin, mais visible ! Vous la voyez, vous aussi ?

Il était seul à voir un bout de terre immergée. J'eus peur d'une hallucination visuelle, mais Maya, soudain attentive, se mit également à crier, le rejoignant dans son enthousiasme :

— Oui, je la vois aussi ! Elle n'est pas si éloignée, finalement ! Je peux même voir clairement les arbres qui la bordent. Je ne vois aucun rocher abrupt qui pourrait la rendre difficile d'accès pour vous sept. Je vois même une grande plage prête à vous accueillir ! Je ne vois pas votre grotte, mais je suis sûre qu'elle s'y trouve. Comme je suis heureuse pour vous ! En quelques coups de nageoires, nous pourrons l'atteindre !

Nous étions fous de joie. Enfin, nous allions trouver des réponses à nos questions et trouver un sens à cette quête si enrichissante.

Nous sentant absorbés par nos pensées, Maya s'adressa à nous sept. Nous n'avions pas remarqué que les dauphins étaient eux aussi pensifs et quelque peu peinés.

— Les amis, à mon tour, je vais vous parler au nom de notre groupe dauphin. Nous partageons avec vous la curiosité et l'envie de surfer vers l'inconnu. Nous sommes également excités à l'idée de vous accompagner là-bas. D'autant qu'il n'y a plus aucun risque. Vous pourrez donc bien profiter du paysage, tranquillement, et même vous reposer avant d'entamer la suite de votre aventure !

Milo s'approcha de nouveau de moi pour me porter. Dans ce milieu marin, il était mon meilleur ami. Lui et la jeune sprinteuse avaient une particularité physique qui les différenciait des plus âgés : leurs deux flancs étaient parsemés de taches noires. L'une de celles de Milo dessinait clairement une sorte d'étoile. Cette originalité le rendait encore plus attachant, surtout depuis que je connaissais son admiration pour les ciels étoilés. Un petit signe du destin, sûrement. Chacun d'entre nous avait son dauphin attitré, avec qui il avait noué des liens étroits durant notre périple marin. Rosalie et Adèle étaient devenues inséparables. La dauphine cherchant sans arrêt ses massages qui calmaient visiblement ses rhumatismes douloureux. Mon amie avait-elle aussi le pouvoir de guérir par ses mains ?

— Maya, viens vers nous ! demanda Adèle. Chez nous, nous avons une pratique qui s'appelle l'ostéopathie. Mon grand-père maternel était ostéopathe et il m'a transmis un peu de son savoir. Je n'ai pas entrepris d'études dans ce domaine, mais j'ai suivi pour ma part une initiation à la guérison par le toucher. Dans le cas de Rosalie, je peux vous aider. Elle souffre d'un nœud entre deux de ses vertèbres. Il faut trouver l'emplacement exact et le dénouer. Bien sûr, vous n'avez pas de mains et de bras, vous, mais des nageoires et un rostre. Nous allons tenter une manœuvre, si vous le voulez bien !

Tout le monde observait leurs échanges avec intérêt.

— Maya, approche-toi de Rosalie et masse là, à cet endroit précis. Sens-tu la tension ?

— Oui ! Je la sens, mais je ne sais pas comment la soulager ! répondit Maya.

— Il faudrait la tapoter délicatement avec ton rostre pour imiter nos massages, « dans le sens des aiguilles d'une montre ». Regarde-moi et essaie.

Adèle laissa Maya enchaîner ses massages-tapotements.

— Voilà… Avec douceur. Continue comme ça !

Maya tenta tant bien que mal de s'exécuter, maladroitement au début, puis plus précisément. Elle parvint enfin à dénouer le nœud.

— Ça a marché ! s'écria Rosalie. Maya, pourrais-tu refaire ce massage lorsque je serai en crise à nouveau ?

— Je te promets d'essayer, en tout cas.

— C'est en essayant que l'on apprend ! répondit Adèle pour l'encourager.

Les dauphins étaient subjugués : ils allaient pouvoir se soigner en testant des techniques enseignées par des… humains. Cette journée était décidément incroyable.

— Si personne n'a d'objection à proposer, nous pouvons y aller ! dit Maya.

Alan leva la main, comme il l'avait fait pour se présenter. Ce petit tic nous fit encore une fois sourire :

— Je n'ai pas d'objection, mais juste une question. Je suis grand et j'ai terriblement peur d'épuiser mon amie par mon poids. Pensez-vous qu'il serait plus confortable pour vous tous de nous tracter si nous nous accrochons à votre queue ou votre aileron central ?

La dauphine en question se mit à rire, ce qui déclencha l'hilarité assumée de tous les dauphins. Apparemment, ils se moquaient gentiment de nous.

— Non, ne t'inquiète pas, Alan ! dit-elle dans un rire. Tu ne pèses vraiment pas lourd, comme tu le prétends. Vous êtes légers comme des éponges de mer ! Mais que vous êtes drôles ! Vraiment, je vous adore ! Installez-vous comme bon vous semble. À ton signal, Maya, nous pourrons nous mettre en route.

Au bout de quelques coups de nageoires, comme promis par Maya, l'île était enfin visible par nous tous. Nous pouvions même distinguer sa forme ovale et sa végétation luxuriante. Une odeur délicieuse d'ylang-ylang vint taquiner nos narines. Le coucher de soleil teintait le ciel de nuances pourpres et légèrement orangées. Pouvait-il y avoir de plus beau paysage que celui qui s'offrait à nous ? Comme en réponse à notre besoin de contemplation, les dauphins ralentirent, puis s'arrêtèrent : ils ne pouvaient aller plus loin, au risque de rester prisonniers du sable. Enfin, nous avions pied.

— Avez-vous déjà vu un tel spectacle ? demanda Simon.

Bào, les yeux fixés sur la plage, répondit :

— Je dois dire que non… Cette merveille est presque surnaturelle… Je ressens un besoin impérieux de me recueillir avant de fouler le sol de cette île sauvage.

— Tu as raison, Bào, nous ne pouvons pas arriver avec nos grands sabots sans avoir demandé la permission de notre âme, de notre esprit et même peut-être de l'âme de cet endroit merveilleux, répondit Adèle, visiblement émue.

— Je peux vous aider dans votre introspection, si vous le souhaitez, nous dit Maya. Nous, les dauphins, nous connaissons l'hypnose. Si vous le voulez bien, je peux vous mener vers cet état.

Devant notre réponse affirmative, elle amena le calme et nous parla avec lenteur, en articulant bien :

— Commencez par faire le vide dans votre esprit… Pour cela, commencez par oublier ce que vous avez vécu depuis votre arrivée dans ce monde. Oubliez surtout, un moment, vos vies réelles. Vous êtes bien, ici et maintenant, sous ce beau coucher de soleil, baignant de sa lumière dorée le versant de l'île que vous voulez visiter. Vous flottez dans une eau tiède et douce, qui vous procure un sentiment de bien-être… Savourez cette détente… Concentrez-vous maintenant sur l'instant présent. Fermez les yeux et projetez-vous sur cette île. Prenez votre temps… Maintenant, visualisez-vous devant la grotte… Bien… Vous y êtes… Regardez-la intensément et répondez à cette question. À quoi ressemble-t-elle ? Est-elle enclavée dans la roche ? Est-elle mystérieuse ? Cachée ? Devez-vous vous frayer un chemin pour y accéder ? Maintenant, imaginez-vous à l'entrée de cet abri… Avez-vous envie de vous blottir les uns contre les autres ?

Nous en avions en effet une envie impérieuse. Maya reprit :

— Très bien, alors faites-le, et nourrissez-vous de vos échanges d'énergies… Ressentez profondément l'ambiance de cette pièce naturelle… Voilà… Restez dedans… Respirez l'odeur, imprégnez-vous de tout ce qui vous entoure, et surtout… ouvrez votre esprit et même votre âme à l'acceptation de la nouveauté… Voilà, vous y êtes vraiment, cette fois… N'y restez pas trop… Revenez dès que vous le pourrez vers nous… Voilà, vous êtes prêts… Sortez de la grotte… Donnez-vous la main… Marchez vers nous… Entrez dans l'eau… Voilà, c'est bien… Ne vous lâchez pas encore… Vous êtes très beaux à regarder. Votre esprit est pur et ouvert. Vous pouvez donc écouter mon décompte pour revenir totalement. Trois…

Un picotement au bout des doigts me rappela que j'avais des mains. Je sentis un partage de chaleur au bout de chacune. Le léger picotement se prolongea ensuite le long de mes bras, jusqu'à mes épaules. Il parcourut ensuite ma nuque, ma colonne vertébrale, mon ventre.

— Deux…

Il se prolongea encore, vers mes jambes cette fois. Ce picotement se transforma en chaleur douce et chaude qui envahit tout mon corps. J'étais légère, comme suspendue dans les airs.

— Un…

Mes pieds se mirent à bouger, du moins j'en eus l'impression. Je revins à l'instant présent.

— Zéro !

Nous étions positionnés en étoile de mer, formant un cercle, mains liées. En dehors de Maya, les autres dauphins semblaient être partis ailleurs dans leur esprit également. Avaient-ils imaginé notre grotte, eux aussi ?

— Je dois dire que vous êtes sacrément réceptifs à l'hypnose ! nous dit Maya. Tellement loin de ce que j'avais imaginé des humains avant de vous voir... Vous, vous êtes vraiment spéciaux ! Vous nous ressemblez un peu, finalement. Allez, allez... Filez, maintenant, avant que je ne puisse réprimer mes larmes, même si c'est peine perdue.

Milo s'adressa à moi :

— Je ne sais pas ce qui vous attend sur cette île, mais j'ai été vraiment ravi d'avoir partagé cette traversée avec vous. J'espère vous revoir un jour...

— Moi aussi, Milo, j'espère vous revoir ! Tu sais, dans ma réalité, certains dauphins ne sont pas si heureux que vous tous, à circuler librement dans l'océan. Ce que racontent vos ancêtres est très malheureusement vrai... Des dauphins sont arrachés à leurs familles et finissent exposés dans des prisons minuscules, où ils barbotent le reste de leur vie dans une eau insalubre qui abîme leurs yeux... Leur désespoir est insoutenable à voir... Ces malheureux prisonniers sont nourris avec des poissons à peine décongelés, jetés par des humains qui décident de leur sort et n'hésitent pas à les frapper s'ils n'obéissent pas ! Tout cela pour alimenter une industrie financière juteuse pour certains qui profitent de la situation... Peut-être aussi pour permettre aux citadins de renouer avec la nature sauvage, qui sait... Les dresseurs apprennent aux captifs des tours ridicules qui amusent quelques minutes ceux qui y amènent leurs enfants, spectateurs naïfs de ce désastre. J'aimerais tant que tout cela cesse ! Si j'ai une prière à formuler, c'est que plus jamais cette injustice ne se reproduise. Ce soir, j'adresserai cette pensée à l'Univers. C'est bête, mais je crois en les énergies émises par la pensée.

Milo montra sa peine à l'évocation de cette tragédie, puis il prit un air doux pour me parler :

— Non seulement ce n'est pas bête, mais en plus, c'est une très riche idée. Mais s'il te plaît, ne pense pas à ces horreurs ! Nous savons, nous les dauphins, que le monde n'est pas si simple… Regarde les requins… Je crois que certains êtres sont imperméables à l'amour et au dialogue. Il faut que tu l'acceptes, même si c'est difficile. Allez, je crois que tu es prête à y aller. Je le sens dans toutes mes nageoires. Regarde tes amis, on dirait qu'ils sont prêts, eux aussi. Vous portez l'amour dans votre cœur. C'est peut-être pour cela que vous êtes ici, qui sait ?

Maya s'approcha de moi :

— Merci d'avoir parlé si gentiment à mon fils. Depuis la mort de son père, il est parfois taciturne et il est difficile de le faire sortir de sa tristesse. Il n'accepte toujours pas l'assassinat de son père et garde cette colère prisonnière à l'intérieur de lui… Aujourd'hui, c'est la première fois que je le vois si heureux, faisant même des acrobaties qui m'ont fait penser à Ayo dans son jeune âge, fougueux et toujours joyeux. C'est une très belle chose.

— C'est naturel, Maya. Merci d'avoir veillé sur nous lors de toute cette traversée maritime, malgré les risques encourus.

Elle nous regarda tous et déclara :

— Nous allons veiller sur vous aussi sur cette île ! Nous restons ici encore pour nous reposer. Il n'y a pas de danger, ici. Au moindre problème, n'hésitez pas à nous appeler à l'aide, nous serons là pour vous aider. Sur la terre ferme, vous êtes des champions, mais dans l'océan, vous pouvez nous faire confiance. Mais attendez un peu, s'il vous plaît, avant de continuer. Nous voudrions vous offrir un cadeau !

Aussitôt sa phrase terminée, les dauphins semblèrent s'enfuir à notre grande surprise. Ils revinrent vite avec, au bout de leur langue, une surprise : des coquilles d'escargots de mer de toute beauté, désertées de leurs habitants depuis quelque temps. Chacun de nos amis nous indiqua, avec fierté, le nom des coquillages ainsi récoltés.

Alan admira dans ses mains une porcelaine érodée, nommée « *Erosaria erosa* », au dos ocre ponctué de points blancs, si fragile qu'il osait à peine la manipuler. Simon repartit avec un grand coquillage en forme de cône, appelé « *Conus geographus* », à la coquille marron parsemée d'une multitude de petits triangles blancs, dans des ornements recherchés. Heureusement qu'il était vide, car son dauphin annonça que ce gastéropode était venimeux et dangereux, malgré une beauté fascinante. Nirvelli observa longtemps son « *Nitridae* », ressemblant un peu à celui de Simon de par sa forme allongée et spiralée, mais avec une ouverture différente, étroite et longue. Bào remercia longuement son amie dauphine pour son magnifique et somptueux « *Naticarius orientalis* » orange, tellement esthétique dans sa fragilité élégante qu'il le porta instinctivement près de son cœur dans un geste de protection. Les dauphins s'approchèrent ensuite d'Adèle, Alioune et moi-même, pour nous offrir des coquilles de tritons, ces conques appelées « *Charonia tritonis* ». Ils nous apprirent que ces conques étaient des prédateurs naturels précieux, protégeant les récifs coralliens en mangeant les étoiles de mer qui les envahissaient et les dévoraient. La mienne était de couleur bleu azur, magnifique, celle d'Adèle était plutôt de couleur brun-marron ; cette couleur me fit penser à Choco, notre joyeux messager. Celle d'Alioune était striée de rouge-rosé. De pures merveilles !

Chacun d'entre nous eut la chance inestimable de repartir avec « son coquillage ». Nos oreilles restèrent un peu collées aux coquilles vides. Le doux et rassurant ressac des vagues entendu me fit remonter des souvenirs lors de mes vacances à l'océan, lorsque j'étais enfant. Je passais de longues minutes à écouter la vie des coquillages et de la mer, avec fascination. Comme j'avais mon pendentif, je pus accrocher le mien par le petit trou qui se trouvait à son extrémité. Nirvelli et Adèle en firent autant. Comme par magie, les hommes virent un collier rustique entourer leur cou. Ils y accrochèrent les leurs avec d'infinies précautions afin de ne pas les abîmer.

Adèle, émue, leur adressa un dernier message :

— Sur cette Terre inconnue, assurément, vous êtes nos anges gardiens.

Sans prononcer un mot, chacun de nous avança vers la plage. Nos habits étaient trempés, nos cheveux étaient mouillés et décoiffés, nos chaussures étaient toujours accrochées à notre épaule. Nous n'étions pas à notre avantage, et pourtant, le sourire de mes amis était si lumineux que je ne voyais plus que cette lumière qui émanait d'eux. Il était temps pour nous de continuer notre quête.

# 5

# Soir du 15 août, seuls au monde, futur indéterminé

Nirvelli nous montra un cocotier assez grand pour nous protéger et même nous cacher un peu tous les sept. En effet, une fois installés dessous, son ombre bienfaisante nous rassura.

— J'ai l'intime conviction que nous ne sommes pas loin de notre but, dit-elle. Je suis sûre que la grotte se trouve sur cette île. C'est la bonne, cette fois ! Je propose que nous laissions ce paysage nous éblouir afin de trouver dans notre âme et dans notre cœur ce que cet endroit évoque à l'intérieur de nous. Un peu de poésie, de rêve, d'évasion, d'amour, de pureté, d'harmonie, de douceur… Laissons-nous porter par ces émotions positives et méditons sur cet instant si précieux.

Le soleil se couchait cette fois-ci distinctement et, dans un dernier rai de lumière, il s'éclipsa totalement.

Alioune, qui était resté assez discret jusque-là, prit la parole :

— Lorsque j'étais enfant, ma mère, grande lectrice d'Antoine de Saint-Exupéry, aimait me répéter ses citations. Je vous livre ce soir, celle qui trouve ici une résonance particulière. La voici : « Il semble que la perfection soit atteinte, non quand il n'y a plus rien à rajouter, mais quand il n'y a plus rien à retrancher. » Je crois que devant moi se trouve la perfection de la Nature. Non : j'en suis même certain.

Alioune nous révélait un cœur de poète. Cette nouvelle dimension nous rapprocha encore un peu plus les uns des autres.

Nirvelli, serrée contre nous, évoqua le proverbe de sa tribu :

— « La nature n'est pas notre propriété. C'est nous qui lui appartenons, nous en faisons partie, au même titre que les autres membres de la famille. »

Alan, silencieux depuis notre arrivée sur cette plage, rebondit à l'évocation de ce proverbe. Celui-ci faisait écho à ses ressentis lorsqu'il se fondait dans les paysages, prenant ainsi un autre regard sur son environnement.

Simon écoutait avec une attention sincère. Il choisit de réciter un poème écrit par sa sœur :

— « La beauté est partout dans la nature : la moindre petite fleur, les reflets harmonieux de la lumière à la surface de l'eau, la force tranquille des arbres majestueux, le rythme incessant de la vie qui court, le calme paisible d'un soir d'été, le chant ininterrompu des cigales et des grillons, le vol paisible des oiseaux savourant leur liberté, le lien d'une mère avec son enfant : tout rayonne de la beauté naturelle du monde. »

Bào, ému, prit la parole à son tour :

— La beauté, comme le génie, n'est en général que la plus parfaite expression de la simplicité. Je crois que nous sommes dans l'essence même de la beauté !

Une citation me vint également en tête. Je voulus la partager avec eux :

— Un des livres qui ont le plus marqué ma vie est *Le Petit Prince* de Saint-Exupéry. Je comprends ta maman, Alioune. Je l'ai lu à différentes périodes de ma vie, et à chaque fois, les larmes sont venues troubler la lecture de ce bijou littéraire et philosophique. L'un des extraits du livre dit : « C'est doux, la nuit, de regarder le ciel. Toutes les étoiles sont fleuries. »

Nous sentions comme une présence parmi nous, comme si nous étions observés. Adèle nous regarda tous.

— C'est magnifique ce que nous sommes en train de vivre. Il y a seulement quelques heures, nous ne nous connaissions pas, en dehors de Cécile et moi. Et puis, à la fin de cette journée spéciale, c'est un peu comme si nous nous connaissions depuis toujours… Qui donc nous aurait appelés ici ? Un ange ? Pour ma part, cet endroit m'inspire un poème d'Anna de Noailles, poétesse née en 1876. Ce poème s'intitule « La vie profonde » et il est extrait de son recueil *Le cœur innombrable*, qu'elle a écrit en 1901.

Naturellement, Adèle se plaça au centre. Nous formions à présent un demi-cercle autour d'elle. Les cheveux détachés ainsi, je la revoyais comme lors de notre toute première rencontre. Nous étions parfaitement attentifs et concentrés :

« Être dans la nature ainsi qu'un arbre humain,
Étendre ses désirs comme un profond feuillage,
Et sentir, par la nuit paisible et par l'orage,
La sève universelle dans ses mains.

Vivre, avoir des rayons du soleil sur la face,
Boire le sel ardent des embruns et des pleurs,
Et goûter chaudement la joie et la douleur
Qui font une buée humaine dans l'espace.

Sentir dans son cœur vif, l'air, le feu et le sang
Tourbillonner ainsi que le vent sur la terre ;
S'élever au réel et pencher au mystère,
Être le jour qui monte et l'ombre qui descend. »

Alors qu'Adèle déclamait le poème, nous fûmes saisis par une apparition. Une femme, intégralement vêtue de blanc, ses cheveux blond clair flottant légèrement sous l'effet d'une brise tiède, s'approcha si discrètement que nous n'avions pas entendu le moindre bruit de pas ou un simple froissement d'habit. Elle nous fit signe de ne pas perturber le récit de notre amie, en posant son doigt sur sa bouche. Sans prévenir, elle se plaça à côté d'Adèle et finit le poème avec elle :

« Comme du pourpre soir aux couleurs de cerise,
Laisser du cœur vermeil couler la flamme et l'eau,
Et comme l'aube claire appuyée au coteau
Avoir l'âme qui rêve, au bord du monde assise. »

Cette voix… Celle qui nous avait accueillis dans la fusée au tout début de cette journée, celle qui nous avait demandé si nous voulions continuer et franchir la porte de ce Nouveau Monde… Celle qui nous avait en quelque sorte planté le décor avant que nous n'entrions dans cette aventure, qui nous avait ensuite donné des indications pour atteindre une grotte… C'était la voix de cette femme, blonde aux yeux bleus, mystérieuse, sortie d'on ne sait où, qui était désormais assise à côté d'Adèle. Devant nos regards ébahis, elle se décida à parler :

— Bonsoir à tous ! Je suis très heureuse de vous voir enfin de mes propres yeux ! Je vous ai appelés dans votre rêve, mais vous n'avez pas atterri au bon endroit. L'un d'entre vous a mis un peu trop de temps à passer la frontière du Nouveau Monde, ce qui a perturbé l'itinéraire et faussé le point d'atterrissage… Constatant que vous n'étiez pas sur la bonne île, j'ai chargé plusieurs messagers de vous délivrer des indications. Ils m'ont fait la promesse de tenter de vous amener jusqu'à moi, devant la grotte. Et ensemble, vous avez réussi. J'en suis infiniment soulagée ! La grotte se trouve derrière moi et je vais vous y conduire. Si vous le voulez bien, suivez-moi. Vous y trouverez plusieurs sources. Vous pourrez ainsi vous désaltérer, et notre hôtesse vous a préparé des habits secs et un bon repas. Je me doute que vous devez être fatigués, mais vous êtes enfin arrivés. Bravo ! Allons-y, si vous le voulez bien.

Le chemin menant à la grotte fut finalement très court. Celle-ci était en effet dissimulée dans la roche. Nous pouvions imaginer le côté grandiose de son intérieur depuis la porte d'entrée.

— Avant de vous inviter à entrer, j'aimerais me présenter rapidement : je m'appelle Clara, et j'ai été choisie par la Déesse Mère, autrement appelée Grande Déesse, pour servir de relais entre elle et les invités. Je suis nouvelle dans cette mission, et Emmanuel, mon prédécesseur, me guide encore un peu. C'est lui qui m'a dit que vous n'étiez pas au bon endroit… Il m'a indiqué comment vous ramener près de nous. Voyez-vous, chaque erreur que nous commettons nous permet de transformer cela en quelque chose de positif. Je suis, comme vous pouvez le voir, une humaine comme vous, et j'apprends encore plus de mes erreurs que de mes réussites. Vous n'avez pas atterri au bon endroit, mais cela vous a permis de mieux vous connaître, et aussi de découvrir plus longuement ce Nouveau Monde. Vous êtes ainsi bien plus aguerris que si vous étiez arrivés directement sur la bonne île, tout près de la grotte. Cet amour qui circule entre vous, que je ressens profondément, ne peut qu'être positif pour la suite. Au fait, comment vas-tu, Simon ? Avant de trouver la porte du Nouveau Monde, je dois dire que tu m'as fait un peu peur.

— Je vous remercie de prendre de mes nouvelles ! répondit-il. J'ai été secoué par ce passage, certainement comme lors de ma venue au monde, où j'ai dû être réanimé… Ma mère m'a souvent dit que si j'étais né quelques décennies plus tôt, je n'aurais sans aucun doute pas survécu à ma douloureuse naissance. Mais je suis là, et il faut peut-être remercier le destin qui ne voulait pas se débarrasser de moi si vite ! J'ai eu des flashs lorsque je me suis retrouvé devant cette porte couverte d'eau. J'ai dû plonger assez profond pour déchiffrer le message inscrit dans les profondeurs. Je n'avais plus le choix : il fallait que je sache ce qui était écrit !

Sous l'eau, j'ai eu cette merveilleuse impression que l'espace et l'eau profonde ne faisaient plus qu'un. Je me sentais en paix, et je me disais que plus rien de grave ne pouvait m'arriver. Les inscriptions se sont effacées, laissant place à une bouche qui s'est mise à me parler pour m'indiquer que derrière la porte se trouvait le Nouveau Monde. J'ai franchi son seuil, puis je me suis évanoui. Ce sont mes nouveaux amis qui m'ont secouru… Je suis désolé si j'ai perturbé l'atterrissage de la fusée et retardé votre appel.

— Désolé ? Mais enfin, ne sois pas désolé, voyons ! répondit-elle. C'est bien une habitude humaine, ça, de s'accuser tout le temps… Tu es au contraire très courageux, et je te félicite d'être parmi nous ce soir ! Je dois dire que, comme je débute, ce n'est pas facile pour moi non plus. Je ne maîtrise pas encore tout parfaitement. Au fait : les dauphins sont-ils encore là ? J'aimerais les remercier personnellement.

Nos yeux, fixés sur l'océan, perçurent les ailerons de nos sauveurs, à moitié endormis.

— Oui, ils sont encore là, dit Bào. Ils sont vraiment exceptionnels. Nous leur devons tant… Ils nous ont même offert des coquillages.

— Oui, je les ai de suite repérés. Ils sont magnifiques et précieux ! répondit-elle. C'est vrai que vous ne pouviez pas tomber sur de meilleurs alliés que les dauphins dans cet océan si vaste. Ils sont dotés d'une curiosité hors du commun, doublée d'une grande empathie qui les pousse à toujours aider ceux qui en ont besoin. Mère a concocté un délicieux repas pour eux, afin qu'ils reprennent des forces avant de repartir dans un lieu plus sûr, sans possibilité de croiser l'itinéraire de chasse des requins. Il s'agit de dauphins tachetés pantropicaux. On peut repérer les plus âgés, car leurs taches s'estompent avec le temps, ce qui explique que seuls les jeunes en soient parfois dotés. Parfois, ils s'associent avec des dauphins à long bec, leurs cousins, pour être plus efficaces dans la chasse. L'union fait la force : tel pourrait être leur credo ! Vous avez eu de la chance de croiser leur chemin, car ce sont de grands voyageurs. J'ai repris espoir quand je les ai vus nager au large de l'île sur laquelle vous êtes arrivés par erreur, appelée « l'île aux loups ».

Clara s'éloigna et, avec une grâce infinie, se dirigea vers la grotte. Elle en sortit avec un énorme récipient débordant de calmars et de maquereaux tout juste prélevés, prêts à être dévorés par les dauphins. Naturellement, Alioune et Alan lui proposèrent leur aide pour porter ce volumineux contenant, mais il ne semblait peser que quelques grammes dans les bras frêles de Clara. Après tout, plus rien ne nous étonnait. Elle jeta les poissons avec une grande précision vers l'endroit de repos des dauphins. Ils s'agitèrent instantanément, puis se mirent à refaire leur danse de la joie, se régalant visiblement de ce festin bienvenu. Maya eut même droit à une ration plus conséquente. Mon petit Milo, reconnaissable avec sa tache brune sur son flanc droit, apparemment emblématique de son espèce, était encore une fois le vainqueur.

— Encore gagné, Milo ! lui lançai-je.

Il se dandina dans tous les sens, visiblement fier de ses exploits.

*Mon petit protégé est un vrai cabot !* pensai-je en souriant.

Ils reprirent vite une vivacité hors-norme.

— Merci pour ce délicieux repas ! dirent-ils d'une même voix.

— Maintenant que nous vous savons en sécurité, nous prenons la route du retour. Nous vous souhaitons la meilleure suite possible ! nous dit Maya.

Dans les étoiles, j'aperçus la tête d'Ayo, le père de Milo. Il m'adressa un clin d'œil complice. C'est vrai que son fils lui ressemblait beaucoup. La citation d'Antoine de Saint-Exupéry prit une dimension spéciale en cet instant précis.

La folie de la vitesse les gagna. Leurs ailerons disparurent bien vite et je repérai encore Milo et sa copine sprinteuse loin devant les autres.

— Mère s'est également assurée que les jumeaux de Choco ainsi que leurs parents aient bénéficié d'un repas de fête ! Ce prénom l'a d'ailleurs beaucoup amusée, et elle a décidé, en commun accord avec lui, de le garder, même si en réalité, il s'appelle Julius. Pour qu'il comprenne le sens que Cécile avait mis dans ce mot, elle lui a offert de véritables fèves de cacao grillées. Curieux, il les a d'abord senties, puis les a goûtées du bout du bec. Il a ensuite bondi de joie pendant quelque temps, déclenchant l'intérêt des autres Fous bruns, mais aussi de Mère ! Il était visiblement conquis par cette nouvelle saveur. Depuis, il est dithyrambique sur l'apport de l'humanité à la nature ! Ils sont tous en train de digérer, lovés les uns contre les autres.

— Mince ! Si Choco a goûté aux joies du chocolat, vous n'avez pas fini de devoir lui en offrir ! C'est un aliment délicieux et très addictif, dis-je en riant.

— La gourmandise n'est pas un vilain défaut, me répondit-elle. Les loups ont également reçu un bon repas. Mère sait toujours remercier ceux qui l'aident.

Clara nous regarda et nous demanda de nous rapprocher d'elle :

— Maintenant, si vous le voulez bien, suivez-moi… Je vous amène dans la grotte-sanctuaire. Vous pourrez enfin vous reposer et reprendre des forces ! Vous êtes bien pâles, tous ! Posez vos chaussures sur le pas de la porte. Il est si bon de sentir le sol sous nos pieds !

Puis, dans un murmure, elle ajouta :

— Vous pouvez entrer !

# 6

# Dans la grotte

Nous étions intimidés. Entrer chez la Déesse Mère, que Clara appelait Mère, n'était pas si évident que cela…

Une petite source d'eau douce nous accueillit. Clara nous invita naturellement à nous y désaltérer. Je remarquai à ce moment-là que nous n'avions pas bu depuis le début de la journée. Ma soif se manifesta brutalement, et ce besoin vital me permit de me reconnecter avec mon corps, qui avait oublié ce genre de sensations humaines depuis notre arrivée dans ce Nouveau Monde. L'eau attira mes mains. Elles se regroupèrent spontanément en une coupe qui m'aspergea agréablement le visage et le cou. Je renouvelai le geste pour la porter à mes lèvres et en découvrir les saveurs. Sa richesse en oligo-éléments me surprit, tout comme sa pureté. Elle me désaltéra bien plus que je ne l'aurais imaginé. En rejoignant ma circulation sanguine, elle me sembla irriguer tous mes organes, hydrater ma peau, stimuler mon cerveau, et enfin mon corps tout entier. Aucune de mes cellules ne fut oubliée. Je n'avais pas eu conscience jusque-là d'avoir été tant assoiffée. Ce désagrément ne me sembla apparaître que pour le plaisir d'être résolu. Ici, tout était parfait ! Très vite, je voulus découvrir mon reflet à sa surface : c'était bien moi, avec les cheveux défaits et un peu emmêlés, mais avec un visage et un regard apaisés. Je me réappropriais mon corps, qui s'était comme partiellement dilué dans l'eau parmi les dauphins. Mes amis reprirent aussi des couleurs.

— Vous voilà un peu plus détendus ! dit Clara en prenant la main d'Adèle. Suivez-moi, nous allons commencer à descendre dans l'intimité de la Terre… Je vous amène près d'une autre source.

Après une courte descente, une scène féerique se présenta devant nous. Nous découvrîmes une immense source d'eau limpide parfaitement fondue dans la roche. Une multitude de bougies de tailles diverses, posées çà et là aux abords de cette piscine souterraine naturelle, créaient une ambiance luxueuse malgré la sobriété des lieux. Nous nous retrouvions dans le ventre de la Terre, sous sa protection absolue. Mon esprit abandonna toute peur primitive et parvint à un état de détente totale. Je ressentis comme un appel venant du sol, qui m'invita à m'accroupir pour caresser la terre argileuse. J'y trouvai une source d'énergie grandiose dont je voulus m'emplir.

— Bonne idée, Cécile, de contacter directement celle qui nous porte tous ! Nous devrions tous en faire autant pour entrer en communion avec Mère qui nous protège.

Nous étions désormais huit à apprivoiser sa texture duveteuse et sensuelle. Je me couchai pour la sentir sous mes joues, mon ventre, mes jambes. Je voulus m'imprégner de son odeur, de sa matière à la fois fraîche et suave. Je fermai les yeux, avec l'envie de suspendre le temps. Les dangers extérieurs ne pouvaient plus nous atteindre dans cet endroit oublié du monde, pas même une tempête ou un violent orage. Une vision apparut devant nous, sur le sol, et non dans le ciel comme avec les dauphins. Nos regards ne quittèrent plus cet enchaînement d'images surprenantes. Nous assistions involontairement à un saut dans un passé très lointain. Des humains préhistoriques dansaient dans une grotte au coin du feu. Ils entrèrent même en communication avec nous.

— Mince… Ce n'était pas vraiment prévu que les visions arrivent si vite ! s'inquiéta Clara. Vous êtes vraiment spéciaux, ce soir. J'espère que vous n'avez pas été effrayés…

Nous n'étions pas du tout effrayés, mais fascinés !

Nous n'osâmes pas lui dire que nous en avions déjà vu une dans le ciel, un peu plus tôt dans la journée.

— Mère a décidé de vous montrer une scène de son passé. La nature offrit sa protection aux humains dans ces premières habitations existantes. C'était dans ce type de lieux-sanctuaires, enfin libérés de la peur des gros prédateurs et des intempéries parfois violentes, que nos ancêtres purent laisser libre cours à l'expression de l'Art dans toutes ses formes. Sans la peur comme moteur de survie, ils purent développer une communication verbale de plus en plus élaborée. La conquête du feu leur permit en outre d'avoir moins froid. De même, la viande cuite étant plus digeste, ils passèrent moins de temps à digérer et davantage à étudier leur environnement et trouver comment se défendre, s'adapter, et même commencer à dominer cette nature, devenant pour eux moins menaçante. Des liens plus étroits commencèrent à se former entre eux. Les débuts des civilisations se sont déroulés sous la protection de Mère, dans ces grottes un peu partout dans le monde. Mais assez parlé !

Elle prit soudain une voix chuchotée et nous murmura :

— Vous pouvez maintenant vous baigner. Prenez tout le temps qu'il vous faudra. Il faut que vous soyez parfaitement débarrassés de toute tension pour aborder la suite.

Fidèle à lui-même, Alan nous gratifia d'une envolée lyrique :

— Quel bonheur de se sublimer dans un lac imaginé par cet architecte naturel l'ayant caressé pendant des millénaires pour un tel résultat ! En clair, je kiffe grave !

J'adorais cet homme si exubérant qui nous surprenait toujours. L'eau y était encore plus chaude que celle du lagon, malgré l'absence de soleil. Cette source d'eau chaude et légèrement soufrée me rappela les cures thermales dont je bénéficiais, enfant, afin de lutter contre mes otites chroniques. J'imaginais que celle-ci était même similaire à celles situées sur les volcans en Islande. Il était toujours très surprenant de voir des visiteurs ou autochtones s'y baigner en maillot de bain, malgré la neige environnante. Nous nagions dans un bain géant, dans un instant de bénédiction et de grâce. Un petit savon vint se loger dans ma main droite. Une délicieuse odeur de noix de coco, de jasmin et d'ylang-ylang envahit l'espace de la grotte. Depuis notre arrivée sur l'île, j'avais abandonné tout espoir de comprendre ce qui nous arrivait et je me mis à masser et frotter légèrement ma peau avec ce savon doux et parfumé. Cette odeur florale et tropicale me permit une belle évasion. Par contre, je ne m'étais pas préparée à me retrouver presque nue comme par miracle, n'ayant pas eu conscience de m'être déshabillée. Comment était-ce possible ? Encore plus étonnant, alors que j'étais très pudique en temps normal, je n'éprouvais aucune gêne à me laver en tenue légère devant mes amis, qui me semblaient tout d'un coup si lointains. Clara nous parla de la pièce voisine.

— Certains d'entre vous ont, par leur culture, une grande gêne à se montrer quasiment nus auprès d'autres personnes, même proches. C'est naturel dans votre réalité de vie où les énergies ne sont pas saines comme ici. Ne vous étonnez donc pas de ne pas ressentir cette pudeur ici. Dans cet antre, vous allez naturellement abandonner les sentiments inconnus de l'Esprit qui habite ces lieux, comme la vanité, la honte ou la jalousie. En revanche, d'autres vont se renforcer, comme l'empathie et l'acceptation inconditionnelle de l'autre, qui est assurément la forme la plus aboutie de l'Amour. Profitez bien du bain. Quand vous vous serez débarrassés de toutes vos tensions, vous trouverez à votre sortie de l'eau un drap de bain. Dans les pièces voisines, une tenue spécialement préparée pour chacun d'entre vous vous attend dans une loge qui vous sera attribuée personnellement. Lorsque vous serez parfaitement apaisés, vous pourrez tranquillement sortir. Mais rien ne presse !

Ce fut un moment magique. Mon corps me semblait bien plus gracieux que celui que je côtoyais chaque jour dans ma vie réelle. Plus léger, aussi. Ici, toutes les perceptions étaient différentes. Je me mis à le regarder pour la première fois de ma vie avec bienveillance. Ce corps, si imparfait pour moi et qui ne m'avait jamais plu, avait affronté tant d'épreuves qu'il était devenu un champion de guerre. Il avait porté et allaité trois enfants, il avait survécu à plusieurs opérations, dont certaines en urgence. Il avait porté un corset volumineux lors de mon adolescence à un âge sensible, pour corriger ma scoliose. Ce corset avait permis une amélioration de ma courbure lombaire et ainsi évité des complications douloureuses qui auraient pu me conduire dans un fauteuil roulant. Et pourtant, il était toujours là, comme pour prouver que toutes les expériences heureuses ou malheureuses, parfois subies, parfois provoquées, parfois offertes, aussi, lui avaient fait gagner une victoire : la victoire de la Vie. L'émotion m'étreignit et je me mis à le remercier en l'admirant. Notre corps était notre vecteur de vie sur Terre. J'étais, à ce moment-là, plus vivante que jamais. Était-ce une des leçons à relever de cet endroit ?

Clara s'approcha de moi, avec une telle légèreté que je me demandai si elle était incarnée comme nous. Elle me regarda avec tendresse :

— Tu as raison, Cécile, de remercier ton corps, car ton époque est marquée par une disqualification permanente de celui-ci. Vous passez des heures infinies à le comparer, à l'insulter même souvent, à passer sur la balance, presque jamais satisfaits de votre poids, à le considérer comme un fardeau ou comme un objet de honte. Vous le masquez souvent derrière des apparences parfois trompeuses, comme si vous vouliez déjouer le sort, ou peut-être vous berner vous-même ?

Elle plongea sa main dans l'eau tiède et prit un air sérieux :

— Je prends quelques exemples qui m'ont été racontés et typiques de votre époque : vous étiez brun ? Vous rêviez d'être blond ! Vous étiez frisé ? Vous rêviez d'avoir les cheveux lisses, sans penser que ceux qui les avaient lisses désiraient des ondulations naturelles. Vous étiez petit ? Vous rêviez d'être plus grand, vous auriez même donné tant pour bénéficier de quelques centimètres supplémentaires sous la toise, comme si votre valeur dépendait d'un chiffre reporté sur vos pièces d'identité. Nous savons, nous, que la vraie valeur d'un être s'obtient avec la force de son âme et non avec son apparence physique. Vous étiez une femme ? Vous pensiez que le sort avait été injuste avec vous et qu'être un homme était sûrement bien plus confortable. Vous pensiez qu'ils ne subissaient pas les injustices qui vous accablaient quotidiennement. Mais vous ne saviez pas que les hommes, pour la plupart, vous admiraient et vous vénéraient, car vous portiez la vie et que vous faisiez tant pour l'humanité. D'autant qu'ils subissaient eux aussi une longue liste d'obligations sociales qui les anéantissaient parfois. La liste serait tellement longue que je ne peux pas l'énumérer entièrement ici. Ce qu'il faut retenir, c'est que dans votre vie, dans notre vie à tous et toutes, le destin choisit que nous naissions homme ou femme, petit ou grand, brun ou blond, noir, blanc ou métisse. Il choisit aussi que nous passions notre enfance et le reste de notre vie dans tel ou tel pays, avec tels parents, frères et sœurs, entourage familial. Nous ne pouvons rien changer à cela, et lutter est inutile. Écoute bien ce que je vais te dire : Mère sait ce qu'elle fait pour nous tous. Lâche tes colères, tes peurs, tes doutes, tes craintes, et laisse-toi aller à la bienveillance envers toi-même, tes combats, tes échecs, tes réussites, ta vie, tout simplement.

Je répondis à voix haute :

— C'est très émouvant, ce que vous me dites, et je n'avais jamais entendu une personne me parler avec tant de vérité dans son cœur. Sauf Adèle, il y a quelques mois, dans mon rêve. C'est elle qui a ouvert une brèche dans mon esprit.

— Elle n'a rien ouvert, Cécile. C'était ouvert depuis longtemps chez toi, mais elle l'a révélé à ta conscience pour l'aider à s'épanouir. Être hypersensoriel n'est pas un défaut, loin de là.

Je repensai aux dernières paroles qu'elle avait prononcées avant de me quitter cette nuit d'hiver, gravées au plus profond de mon être.

Clara étant proche de moi, je voulus lui poser cette question qui me tracassait depuis le début :

— Puis-je vous poser une question, Clara ?

— Même si je devine ta question, pose-la-moi, répondit-elle.

— Qui est cette Mère dont vous parlez depuis tout à l'heure ?

— Je ne peux pas te donner encore la réponse. Elle te sera donnée par elle-même bientôt. Avant cela, il fallait que tu entreprennes cette introspection sur ta vie. Dès que tu seras prête, tu pourras prendre ce drap de bain, te sécher et aller dans la pièce voisine où des habits secs et préparés spécialement par elle t'attendent. Tu les reconnaîtras, car ton prénom est inscrit au-dessus d'eux. Un peigne sera également à ta disposition si tu souhaites démêler tes cheveux qui ont été bien malmenés aujourd'hui, ainsi que deux barrettes et un miroir. Et maintenant, s'il te plaît, tutoie-moi !

— Je te remercie de ton accueil si chaleureux. Je ne suis pas habituée à être ainsi considérée. Cela me touche réellement.

— C'est tout à fait naturel ! Je vais parler aux autres, et dès que tout le monde sera prêt, un buffet de fruits avec du thé vous attendra dans la Salle de Réception, en contrebas. Nous vous y attendrons avec Mère et Emmanuel, qui a décidé de rester un peu avant de me passer définitivement le relais.

— C'est entendu ! Je ne vais pas tarder à sortir. Je te dis à tout à l'heure, lui répondis-je.

Je sortis de l'eau pour envelopper mon corps d'un drap de bain. Son contact velouté finit de me détendre. J'étais dans une bulle, et je n'étais pas pressée d'en sortir. Je me souvins toutefois de la conversation avec Clara et me mis à chercher les habits secs qui m'étaient destinés. Plusieurs portes se présentèrent devant moi, et l'une d'entre elles, située à ma droite, s'entrouvrit. Je me dirigeai vers elle. Sur son perron, mon prénom était gravé, comme pour m'assurer que je ne me trompais pas. En poussant celle-ci, je me trouvai à nouveau seule, dans une loge creusée dans la paroi de la grotte. Heureusement que je n'étais pas grande, car le plafond était assez bas, comme nous pouvions en rencontrer dans les maisons très anciennes. Je me sentis immédiatement chez moi dans ce recoin. Bien que téléportée dans un monde inconnu, dans une planète peut-être éloignée, isolée de mes proches et de toute réalité, je m'y sentis vraiment à ma place. Je savourai ce nouvel état de paix intérieure pour découvrir les habits secs et le peigne promis. À leur vue, j'éclatai de rire ! Notre hôtesse avait effectivement prévu un ensemble pour moi, mais pas vraiment celui que j'attendais. Il s'agissait d'une sorte de pantacourt bouffant, que j'imaginais plutôt correspondre à une tenue de cour du roi Louis XIV. Comme haut, une chemise finement brodée était assortie avec une veste que je qualifierais gentiment de peu discrète. Je ris en pensant qu'il s'agissait là d'un vêtement d'homme et non de femme, mais surtout démodé depuis trois bons siècles ! Mais quel était le sens de tout cela ? Après ce premier mouvement de surprise, je me dirigeai, munie du peigne, vers le miroir afin de commencer par démêler mes cheveux. Celui-ci était en réalité immense et je pus m'y découvrir intégralement.

Je fus saisie par le reflet qui m'était présenté. Il s'agissait bien de moi, mais en plus élégante et gracieuse, d'une finesse de très jeune femme. J'avais tout simplement rajeuni de presque vingt ans. Je me revis telle que j'étais dans un passé qui me parut lointain.

*Presque dans une autre vie*, pensai-je alors.

Sans avoir le temps de me détailler, je récupérai avec soulagement la vision quotidienne de ma sortie de douche. Mon sourire était radieux, et même si mes courbes actuelles étaient moins athlétiques qu'autrefois, je les trouvais plus féminines, maternelles même. Je démêlai mes cheveux en songeant à cette journée décidément si particulière. J'observai mes habits avec suspicion. Je me demandai comment faisaient les hommes pour s'habiller avec des vêtements si extravagants. Je me rassurai tout de même en imaginant mon calvaire si j'avais dû revêtir une robe de l'époque, avec corset et jupons. Mes connaissances des modes vestimentaires de ces derniers siècles m'avaient toujours fait frémir rétrospectivement lorsque j'imaginais devoir m'imposer un tel handicap. Après quelques difficultés, je me retrouvai déguisée, et curieuse de la suite des événements. Je ne pus résister à l'appel du miroir.

Cette fois encore, une autre image que la mienne s'imposa à moi : je découvris un courtisan gracieux, aux cheveux châtains et frisés, aux yeux bleus, entre deux âges, ni jeune ni vieux, souriant de son reflet. Il arborait son costume de cour le plus naturellement du monde et tenait fermement un magnifique violon dans sa main droite, l'archet collé dessus par le pouce. L'homme dont j'observais le reflet commença à se recueillir. Je reconnus la concentration propre à tous les musiciens devant jouer en concert. Je brûlais d'envie de découvrir son identité. Qui était ce musicien surgi du passé ? Et d'ailleurs, pourquoi avais-je hérité de ses habits ?

— Tu auras la réponse plus tard, me répondit Clara qui m'observait sur le seuil de la porte, devançant ainsi toute question.

— Mais Clara, Mère ne se serait-elle pas trompée de sexe et de siècle ? demandai-je tout de même en riant.

— Oui, peut-être. Ou bien peut-être a-t-elle prévu de te délivrer des messages à propos de cet homme ? Je te l'ai dit, tu sauras tout en temps voulu. Tu devrais t'installer dans la Salle de Réception et attendre les autres. Ils vont arriver au fur et à mesure. Un grand bol de fruits attend chacun de vous. Je sais que tu raffoles des framboises, tu pourras t'en régaler dans celui prévu pour toi, entre autres fruits juteux, accompagné d'un thé au jasmin.

Cette perspective me ravit.

J'entendis dans les pièces voisines, les réactions de mes amis. La plupart semblèrent amusés en découvrant ce que la Grande Déesse avait prévu pour eux. Seule Nirvelli, d'ordinaire si calme, laissa échapper bruyamment sa colère.

Ma loge possédait une autre porte qui s'ouvrit. Derrière cette porte, que je franchis avec empressement, un escalier en colimaçon sculpté à même la pierre m'attendait. Une multitude de bougies l'éclairaient, sublimant son côté mystérieux. Une rampe me rassura : l'inconfort de mes habits n'allait pas me valoir une chute. Mes chaussures m'inquiétaient particulièrement : trop grandes, aux boucles ostensibles frôlant répétitivement le bouffant de ce qui s'appelait à l'époque une culotte. Je descendis lentement, marche après marche, avec la sensation de pénétrer encore plus intimement dans le ventre de la Terre. Une fois en bas, j'entrai timidement dans la Salle de Réception. Jamais de ma vie je n'avais vu un tel spectacle ! Tout ici était immense et somptueux. Le raffinement s'exprimait non pas par des dorures ou des ornements travaillés, comme nous pouvons en admirer dans tant de chefs-d'œuvre architecturaux sophistiqués, mais par une décoration entièrement naturelle. Des coquillages de toutes tailles, formes et couleurs, servaient à la fois de décoration et de vaisselle. Des pierres précieuses brutes décoraient les façades.

Un grand tapis circulaire semblant tissé à la main attendait que nous prenions place autour de nos bols. Ceux-ci étaient disposés devant des coussins sobrement décorés. Je décidai de graver cette image dans ma mémoire.

Un homme assez âgé était assis en position du lotus. Il méditait profondément. Mon entrée, pourtant discrète, le ramena à notre présent. Il me regarda avec curiosité, tout en s'adressant à moi :

— Bienvenue à toi, Cécile ! Oh là là ! Je vois que Mère s'est encore laissé aller à habiller ses invités de manière un peu spéciale. Il faut dire qu'elle ne considère pas la mode humaine avec le même sérieux que nous. Mais je te rassure, tu comprendras plus tard pourquoi elle agit ainsi. Je me présente sommairement : je m'appelle Emmanuel. Clara a dû vous parler de moi. Je lui cède progressivement ma place. Elle aide tes camarades à se préparer et ne se présentera ici que lorsque vous serez tous là. Vous découvrirez enfin pourquoi vous avez été conviés dans ce rêve.

J'attendais patiemment mes amis. La vue de tous ces fruits tropicaux, et surtout des framboises qui m'étaient particulièrement réservées, attisa mon appétit et même ma gourmandise. Nous n'avions rien mangé depuis notre départ dans la fusée. Alors qu'avant d'entreprendre notre marche, la sensation de froid avait été chassée aussitôt apparue par le contact chaleureux de mes amis, et de même que la déshydratation s'était effacée dès qu'elle fut perçue grâce à l'eau douce bienfaisante, la faim, qui subitement me tiraillait, attendrait cette fois poliment le début des agapes pour se dissiper. Ici aussi, l'éclairage était assuré par des cierges disposés à proximité de nos places, donnant un côté intime et chaleureux. Je me sentais chanceuse de profiter de cet espace propice à l'introspection et au rêve.

Alan fut le premier à arriver. Il se présenta devant nous en… kilt écossais, affublé d'une énorme cornemuse. Je me retins de rire pour ne pas le vexer. Le voir dans cet accoutrement folklorique était des plus divertissant ! Celui-ci, partagé entre le ricanement et la gêne, déclara :

— Je crois que Mère s'est trompée de pays et de siècle en ce qui me concerne ! Cela fait bien longtemps que les hommes ne portent plus de kilt, même en Écosse ! Par contre, la légende dit vrai en ce qui concerne le sous-vêtement qui correspond. La fraîcheur des escaliers me l'a bien rappelé ! Vous comprendrez donc que je ne pourrai pas m'installer en position du lotus comme vous, Monsieur ! dit-il en regardant Emmanuel d'un air entendu.

Cette fois, j'éclatai de rire avec eux, ce qui le surprit, car il ne m'avait pas vue. Dès qu'il posa le regard sur moi, il s'écria :

— Cécile, est-ce bien toi ? Excuse-moi, je ne savais pas que tu étais là, sinon j'aurais évité un sujet si technique. Tu joues aussi du violon, maintenant ?

— Disons qu'en ce qui me concerne, la Déesse s'est non seulement trompée de siècle, de sexe, mais aussi d'instrument, car je ne sais pas tirer le moindre son potable de ce noble instrument. En tout cas, j'ai hâte de voir comment les autres sont habillés, surtout Nirvelli, qui fulminait dans sa loge !

Adèle entra à son tour. Son entrée, qu'elle tentait discrète, ne passa pourtant pas inaperçue : elle était vêtue d'une robe de cour de comédie qu'aurait pu se procurer Molière. Nous devinions plusieurs couches de jupons en dessous, et un corset enserrant sa taille, révélant un galbe de corps parfait. Voir mon amie, au style si bohème, ainsi vêtue me fascina. Elle ne sembla pas trop perturbée, en comédienne accomplie, devant prendre diverses apparences, dont certaines contraignantes, dans le cadre d'œuvres anciennes. Les deux hommes présents ne purent s'empêcher d'exprimer leur admiration. Emmanuel se contenta d'un simple regard, et Alan, sans surprise, se montra plus loquace :

— Adèle ! Est-ce bien toi ? demanda-t-il. Tu es splendide avec ce costume extraordinaire ! Même si j'avoue te préférer dans ton apparence naturelle, je suis ébloui par ta prestance dans un tel harnachement !

— Oui, Alan, c'est bien moi ! Je ne suis pas plus étonnée que cela. Je suis habituée à ces costumes anciens de par mon métier de comédienne. Je dirais même, à première vue, que cette robe aurait permis à Madeleine Béjart de jouer un personnage principal de Molière.

J'étais une fois de plus épatée par la précision de ses connaissances théâtrales. Nos deux habits auraient pu se croiser : même période et même pays. Notre affinité spéciale se confirmait jusque dans nos déguisements. Elle s'adressa à moi et marqua sa surprise :

— Cécile habillée en musicien royal ? C'est vraiment drôle !

Elle regarda ensuite Alan et lui dit d'un air complice :

— Alan, je dois dire qu'en style écossais, tu n'es pas mal non plus ! Et puis, toi aussi, tu es musicien, avec ta cornemuse. D'ailleurs, sais-tu en jouer ?

— Alors, pour être franc, je crois que je vais éviter. Je pourrais déclencher des catastrophes, comme réveiller un monstre profondément endormi, qui viendrait interrompre sauvagement la mélodie d'un instrument aux sonorités si subtiles !

Cette fois-ci, nous étions quatre à rire, Emmanuel partageant notre hilarité.

— Il me tarde de voir les autres arriver, dit-il.

Ce fut au tour de Simon d'entrer dans la Salle de Réception. Il était vêtu d'un habit de concert de style classique de mon époque : haut blanc, pantalon noir. Rien d'exceptionnel à cela, si ce n'est qu'il ne nous avait pas avoué être musicien. Ce qui me marqua en revanche, c'était son haut blanc à dentelle. J'en portais un identique lors des concerts d'été. Il ne semblait pas à l'aise du tout, très à l'étroit dans cet habit des plus inhabituels pour lui. Apparemment, Simon était habillé comme une femme musicienne, d'une époque sûrement proche de la mienne. Lui qui était un jeune homme bohème détonnait complètement avec ses dentelles blanches !

Alan s'adressa à lui :

— Simon, est-ce bien toi ? On dirait que la Déesse nous fait entrer par ordre de notre date de naissance. Cécile, puis moi, Adèle, et maintenant toi. Je trouve que ta tenue aurait été parfaite pour Cécile. Vous êtes sûrs de ne pas vous être trompés de loges, tous les deux ?

— Non, je ne me suis pas trompée ! Je t'assure que mon prénom était bien inscrit sur la porte de ma loge. Je reconnais encore mon prénom, bien différent de celui de Simon, dis-je en riant.

— Moi aussi, j'ai suivi la porte qui portait mon prénom, dit Simon. Elle s'est d'ailleurs ouverte quand je suis passé devant. Je suis sûr de moi : je ne pouvais pas la louper !

— Mais je vous crois, tous les deux, je vous taquine un peu ! Je dois dire que tous ces événements cumulés depuis ce matin me poussent à relâcher un peu la pression ! Regardez-moi avec mon kilt écossais et ma cornemuse ! Si ma femme et mes filles me voyaient ainsi vêtu, je suis sûr que nous en aurions pour une décennie de moqueries !

Simon, découvrant d'un coup la longueur des chaussettes en laine de son ami irlandais, avec même le couteau traditionnel qui dépassait de celle de droite, lui demanda :

— Elles riraient sûrement aussi de voir des chaussettes pareilles, non ?

Il s'adressa ensuite à Adèle et moi :

— Les filles, vous êtes magnifiques ! Cécile en homme, moi en femme... Décidément, je crois que celle qui nous a conviés ne manque pas d'humour.

Ce fut au tour de Nirvelli d'entrer. Alan avait donc bien deviné : nous arrivions par ordre chronologique. Elle portait pour sa part un pagne grossier en peaux de bêtes, couvrant ses hanches et ne descendant que jusqu'à ses genoux. En guise de haut, elle n'avait qu'un carquois pour tenter de cacher ses seins. Elle portait apparemment la tenue d'un chasseur amérindien d'un temps très reculé. Elle semblait encore très agacée et tirait nerveusement sur son pagne. Heureusement, le fait de nous voir nous aussi déguisés de manière parfois très créative amena sur ses lèvres un franc sourire.

— Vous êtes drôles ainsi habillés ! Personnellement, je n'ai pas ri en découvrant mes vêtements... Non seulement la Déesse s'est trompée de sexe, mais surtout de millénaire. Cela fait bien longtemps que plus personne ne porte de peaux d'animaux, surtout de ce type ! En tant que végétariens, nous épargnons les vies animales, non seulement pour nous nourrir, mais aussi pour nous habiller. Je suis dégoûtée de devoir subir ce contact !

— Je comprends ton dégoût, lui répondis-je. Mais je crois que nos tenues appartiennent à des personnes venant du passé, et sûrement très différentes de nous. La tienne semble encore plus ancienne que les nôtres. Ne cherchons pas pour l'instant à comprendre. Et amusons-nous un peu de nous découvrir !

Elle se détendit finalement, se plaçant à côté de moi.

— Il me tarde de voir arriver Alioune et Bào ! s'exclama Alan, qui avait le regard pétillant d'un enfant devant un spectacle.

Son âme d'enfant brillait. Il était beau, ainsi emporté, et propagea sa bonne humeur à nous tous.

Ce fut au tour d'Alioune de faire son entrée, pas des plus discrète. Il portait pour sa part un magnifique boubou bariolé de femme africaine. Cet habit semblait être artisanal et traditionnel. Était-il porté lors de fêtes rituelles particulières ? Ou bien lors d'un événement heureux comme une naissance ?

Les couleurs étaient typiques des pays chauds, et même si le sourire qu'il affichait indiquait clairement qu'il était amusé, surtout devant nos réactions, il semblait également ému. Alioune, si grand et élancé, habillé avec un habit de femme un peu trop large pour lui, dans lequel il flottait jusqu'aux genoux : il ne nous en fallut pas plus pour repartir dans des rires partagés.

— Je crois qu'il ne reste plus que Bào, dit Emmanuel. C'est notre plus jeune ami dans le temps. Je me demande comment Mère aura décidé de le vêtir.

Celui-ci entra à son tour. Il portait un costume féminin traditionnel vietnamien, composé d'une tunique longue couleur bleu pastel portée près du corps et d'un pantalon large en soie assorti à sa tunique. Celle-ci était fendue un peu plus haut que le pantalon, laissant entrevoir un petit triangle de peau. L'ensemble était très élégant et sensuel. Même s'il était porté par un homme, il n'en était pas moins splendide ! Nous imaginions sans mal une jeune femme ainsi vêtue. Je trouvais l'ensemble très élégant et gracieux. Bào était visiblement habillé en femme d'une époque indéterminée. Sa carrure masculine, plus large de fait, faisait tout de même souffrir le tissu, qui menaçait de rompre à chacun de ses mouvements. Il nous détailla l'un après l'autre. Il rit en découvrant le costume d'Alioune et d'Alan. Il marqua ensuite son admiration devant la robe d'Adèle. Il montra un signe de surprise devant mes habits et sourit devant ceux de Simon, visiblement encore plus à l'étroit que lui dans ce haut féminin blanc. Devant nos regards attendris, il prit la parole :

— Ce magnifique costume s'appelle un « *Áo dài* ». *Áo* se réfère à un vêtement porté en haut du corps, et *dài* signifie « long ». Au vu des couleurs, je pense que celui-ci était porté à une veille de mariage. C'est très émouvant. Je ressens la solennité d'un tel événement simplement en le portant, comme si l'histoire était imprimée dans le tissu !

— Les amis, dit Emmanuel en s'adressant à nous tous. Je vais vous demander de vous tourner le dos. Je vais pour ma part me placer au centre, et après vous être retournés, vous fermerez les yeux.

Nous obéîmes sans perdre de temps. Très vite, nous nous retrouvâmes habillés comme lors de notre arrivée dans ce Nouveau Monde. Les habits étaient secs et sentaient bon.

— Voilà, vous pouvez à nouveau vous retourner !

Alan parut soulagé. Sa cornemuse ayant disparu avec son kilt, il n'avait plus peur de déclencher un son involontairement. Adèle put de nouveau se mouvoir sans être gênée par son imposante robe. Elle entama une posture de yoga avec une grâce infinie. Alioune et Bào touchèrent leurs habits comme s'ils les voyaient pour la première fois. C'étaient aussi les seuls qui semblaient un peu nostalgiques. Ils étaient entrés dans un personnage féminin pour la première fois de leur vie. Leur émotion n'était pas seulement liée à leurs habits d'emprunt, mais à quelque chose de plus profond. Simon, lui, restait amusé d'avoir porté un haut de femme, avec ses dentelles. Il retrouva néanmoins avec bonheur son bermuda et son tee-shirt blanc. Nirvelli ne cacha pas sa joie de retrouver sa robe en tissu. Elle tourna sur elle-même deux fois, souriant à pleines dents. Pour ma part, je me sentis beaucoup plus à l'aise dans mes habits du quotidien, mais j'étais peinée de m'être séparée de ce magnifique violon. J'avais ressenti une grande joie à le coller contre mon cœur, sûrement en sympathie envers le musicien pour lequel il avait tant compté. J'aurais tant aimé découvrir ce qu'il en faisait musicalement…

— Voilà, vous êtes tous ici, et nous pourrons bientôt commencer notre Séance, dit Emmanuel. Mais régalez-vous avant ! J'imagine que vous devez être affamés après cette journée si mouvementée ! Le thé et les fruits sont disponibles à volonté : n'hésitez pas à vous resservir. Installez-vous donc sur les coussins en attendant que Clara se prépare. Dès qu'elle reviendra, nous pourrons entrer dans le vif du sujet, à savoir : pourquoi êtes-vous ici, qu'avez-vous à apprendre dans ce lieu ? Y aura-t-il une suite à cette séance après votre retour chez vous ?

Ma gorge se noua. Les rires partagés avec mes amis quelques minutes plus tôt me parurent tout à coup très lointains. Malgré l'angoisse, je parvins toutefois à manger quelques framboises que je trouvai aussi succulentes que celles de mon propre jardin et une mangue fraîche. Le parfum du thé me surprit. Je n'en avais jamais bu avec des arômes aussi présents, délicats et complexes. Il me redonna vite confiance et courage pour affronter la suite de cette visite.

Nous étions silencieux, perdus dans nos pensées. Je m'imaginai avec mes proches, mes enfants, mon compagnon. Je ressentis au plus profond de moi l'amour que je leur portais. Ils commençaient à me manquer. Dans ma réalité, nous étions alors en pleine période de canicule, infligeant une réelle souffrance à nos organismes. Emmanuel repartit en méditation, nous laissant entre nous.

Clara apparut à l'entrée de la Salle de Réception, provoquant des exclamations d'admiration. Elle portait une robe blanche immaculée sublime, épousant parfaitement les formes de son corps. Une multitude de voiles mouvants, qui prenaient naissance sur son col pour s'évanouir au niveau de ses chevilles, juste au-dessus de ses pieds nus, venait apporter une touche somptueuse. Chaque mouvement qu'elle effectuait était infiniment gracieux, presque aérien. Les voiles dansaient au gré de ses ondulations. Cette vision était tout simplement divine ! Elle prit place à côté d'Emmanuel, qui semblait tout aussi ému que nous tous. Il lui confia :

— Clara, j'aime quand tu te prépares ainsi ! Je crois que bientôt, je pourrai te passer définitivement le relais. Je vais pouvoir partir en paix. Du haut de mon grand âge, il est temps… 85 ans, dont plus de quarante à assurer ce rôle de médium, je dois dire que je peux désormais quitter cette fonction en toute sérénité : Mère a trouvé la médium idéale pour poursuivre ses enseignements !

85 ans… Il paraissait largement vingt de moins !

Puis, s'adressant à nous, il déclara :

— Je vais vous demander le silence le plus absolu. Clara doit se connecter avec Mère, et pour cela, il ne doit y avoir aucune interférence. Si vous le pouvez, videz votre esprit, cela aidera à la connexion.

Adèle prit ma main. Je pris à mon tour celle de Simon, qui prit celle de son voisin, et ainsi de suite jusqu'au dernier de nous sept. Emmanuel prit place à côté de nous, donnant sa main à Alioune. Seule Clara restait au centre. Elle se mit à genoux et sa tête entra dans les replis de son imposante robe. Tout son corps était dissimulé. Au bout d'un court instant, elle releva la tête et, les paupières closes, déclara :

— Mère, les invités ici présents sont prêts à recevoir les messages que tu aimerais leur transmettre… Veux-tu me permettre d'être ton relais ?

En réponse, un souffle se fit sentir. Le même souffle que celui que nous avions ressenti dans la fusée. Ainsi, Clara s'adressait à un esprit qui habitait ce lieu magique. J'étais subjuguée. Au bout de quelques instants, elle ouvrit les paupières et nous regarda avec un sourire :

— Sa réponse est positive. À moi maintenant de vous poser cette question : êtes-vous prêts à entendre les vérités que Mère veut partager avec vous ?

Notre réponse fut unanime. Nous étions prêts : quitte à souffrir, quitte à ne pas en ressortir indemnes, quitte aussi à regretter notre choix par la suite. Cette chance qui se présentait devant nous ne pouvait pas nous filer entre les doigts. Notre chaîne humaine se renforça de nos énergies positives. Seul Emmanuel se mit un peu en retrait, nous regardant avec tendresse. Les traits du visage de Clara devinrent plus sérieux. Elle semblait investie d'une mission dont elle mesurait l'ampleur et la responsabilité.

— Je vois qu'aucun d'entre vous ne présente de signes de déséquilibre émotionnel ou mental. Cette condition est primordiale pour entrer dans la Séance de Vérité. Votre hypersensibilité et même votre hypersensorialité sont deux des raisons pour lesquelles vous vous trouvez ici. Vous possédez en même temps une force de résilience et une lucidité qui fait de vous des êtres suffisamment solides pour encaisser la suite de l'expérience et en tirer vos enseignements. Nous pouvons donc commencer.

# 7

# Séance de Vérité, première partie : soir du 15 août, période indéfinie

Nous nous sentions parfaitement intégrés au sol, à l'air, aux autres. Tout ce que nous percevions était amplifié et magnifié. Le mélange d'odeurs à la fois florales et humides de cette salle, en partie provoquées par les fragrances délicieuses du thé au jasmin encore fumant, vint sublimer notre odorat. Une osmose entre nos ressentis accentua la plénitude des lieux. Une aura de sagesse, couleur jaune d'or, entoura les deux médiums. Ils portaient une sorte de couronne imaginaire qui rayonnait au-dessus de leur tête. Mes yeux ne pouvaient plus quitter ce superbe symbole. Clara intégra cette symbiose spontanée :

— Décidément, cette journée ponctuée d'imprévus et de découvertes vous a rendus vraiment très réceptifs ! Des liens très forts se sont tissés entre vous sept. Parfois, il faut attendre un petit moment avant de sentir la relation à la Terre, aux autres, avant de connaître cette ouverture de nos esprits et de nos âmes à ce qui nous entoure. Avec vous, tout cela s'est fait naturellement, sans le moindre effort de votre part. Voilà une des leçons que j'ai apprises dans ma vie. Je m'adresse à vous en tant que Clara et non en tant que médium. Dans nos vies, nous faisons tous des erreurs. Certaines nous paraissent insurmontables, d'autres nous causent de nombreuses nuits d'insomnie avant de commencer à en assumer les conséquences. D'autres encore nous rendent profondément tristes et déclenchent une vague de culpabilité dont il est difficile de sortir. Nous avons l'impression que nous sommes maîtres de notre destin, et pourtant, tout ce qui nous arrive est porteur de leçons nouvelles qui nous font avancer. Nous sommes ici pour apprendre.

Elle nous regarda fixement et reprit :

— Ce matin, lorsque je me suis aperçue que vous n'étiez pas à l'endroit prévu, j'ai d'abord été paniquée… Heureusement, Emmanuel vous a vite localisés. Vous étiez loin, mais il ne vous était pas impossible de nous rejoindre en quelques heures. Il a fallu que je trouve des messagers pour transmettre mes instructions : la lumière bleue, qui n'est autre qu'un effet d'optique issu de ma pensée, l'arbre sage, le Fou brun, les loups géants, et enfin les dauphins. Cela m'a également appris que je pouvais le faire, car je ne m'imaginais pas en être capable avant aujourd'hui. De votre côté, vous avez pris pleinement conscience de vos capacités de perception, celles que vous ne laissez pas toujours s'exprimer pleinement dans vos vies quotidiennes. C'est ainsi que l'essentiel de la préparation était déjà effectué avant même votre entrée dans la grotte. Et même au-delà de mes espérances ! Il faut que je vous fournisse quelques renseignements, continua-t-elle. Tout d'abord, l'endroit où vous avez atterri. Certains d'entre vous auraient-ils des idées ?

Bào leva la main :

— Je ne sais pas précisément, mais tout me pousse à croire que nous nous trouvons sur Terre, mais à une période que je ne peux pas définir. Je ne saurais dire si c'est dans le passé ou dans le futur… Les animaux rencontrés, les coquillages offerts par les dauphins sont identiques à ceux que nous pourrions trouver en Polynésie française dans un atoll logé dans l'océan Pacifique. Enfin, en dehors des loups, qui normalement, ne sont pas adaptés à ces climats chauds, et qui, plus surprenant encore, nous ont paru anormalement grands !

— Tu es très pertinent, Bào. Je te félicite ! Tu as bien deviné. Nous sommes précisément dans l'île de Bora-Bora.

Selon la légende, ce fut la première île surgie des eaux par la volonté des dieux. La Déesse Mère a naturellement choisi cet endroit pour délivrer ses messages. Même si son Esprit demeure partout sur Terre, son lieu de repos se situe dans cette grotte. Celle-ci n'est visible sur aucune carte, même la plus précise. Il est tout simplement impossible de la trouver sans avoir été appelé auparavant.

Nirvelli leva la main à son tour :

— Mais Clara, si nous sommes à Bora-Bora c'est que nous sommes réellement sur Terre ! Alors pourquoi avons-nous eu besoin d'un engin spatial pour atterrir sur Terre ? Je pensais que nous étions sur une planète jumelle, ou bien dans un autre monde semblable au nôtre, dans l'espace, voire dans un autre système stellaire, dans une exoplanète qui aurait pu porter et héberger une vie aussi riche que celle que nous connaissons sur Terre…

— Nirvelli-Kate, tes remarques sont très intéressantes et je vais te donner quelques éléments de réponses. Je vous ai dit lors de mon premier discours que cette fusée n'était pas conventionnelle. C'est le moins que l'on puisse dire ! En réalité, ce n'est pas une fusée, mais une image, ou une projection, si vous préférez. Vous étiez dans un espace imaginaire, en état d'hypnose. Vous avez franchi un nouvel état de conscience. Pour être plus précise, vous êtes parvenus à une autre dimension. Cette fusée était votre « vecteur d'évolution spirituelle ». Vous avez pu remarquer qu'elle était vide et que les murs étaient peints de symboles un peu complexes. Chacun y a vu sa propre interprétation. Beaucoup d'entre vous y ont deviné un langage. C'en est effectivement un. Mais il faut encore progresser pour le décoder. Moi-même, je n'ai jamais complètement réussi. Il me reste encore du chemin à parcourir…

Ce fut au tour d'Adèle de se manifester :

— Une autre question me tracasse depuis tout à l'heure : pourquoi sommes-nous tous issus de périodes si éloignées, et de pays parfois très lointains ? À nous sept, nous sommes issus de chaque continent, en dehors de l'Océanie.

— Adèle, je comprends tes questionnements, mais il faut savoir que dans cet espace, la valeur « temps » et même « espace » n'est pas la même que dans notre vie réelle, répondit Clara. Je vais d'ailleurs vous parler brièvement de ma vie. Je vis en Suède, où je suis technicienne des forêts. Avec mon compagnon et nos deux fils, nous vivons à l'ouest de Stockholm, dans une maison en bois que nous avons intégralement construite. Il faut dire que le mérite en revient en très grande partie à mon mari Johan, qui exerce ce métier. Je m'occupe de la forêt environnante : cela va de la gestion des arbres à la préservation de la biodiversité, et surtout à la protection de la faune et de la flore. Vous comprenez que le dépaysement est total quand je suis appelée ici. Passer de mes forêts scandinaves aux cocotiers et au lagon bleu est toujours un enchantement ! Je vais enfin vous révéler la date d'aujourd'hui : nous sommes le 15 août 2320 ! Je me doute que vous devez être très surpris, car c'est une date très éloignée, pour certains d'entre vous…

En effet, c'était complètement irréaliste pour moi.

— J'ai tout juste 40 ans. Je suis née en effet en juillet 2280, finit-elle par dire.

Ainsi, Clara était donc née trois cents ans après moi. Et nous avions exactement le même âge dans cette grotte.

— Depuis toujours, je ressens des choses venant de l'invisible. J'entends le langage des arbres et des animaux, je comprends ce qu'il y a derrière certains regards. Très naturellement, depuis mon adolescence, j'ai développé des dons de télépathie. Ce n'est en rien exceptionnel, car nous sommes désormais très nombreux à explorer ces capacités de notre cerveau. Certains de mes contemporains se passionnent pour le langage universel qui nous permet de communiquer avec tous les êtres vivants, d'autres pour la science spatiale, d'autres pour l'étude du climat, qui est une préoccupation mondiale. D'autres, plus nombreux encore, se passionnent pour l'après-vie, et le chemin de notre âme après notre mort : cela concerne le cycle des réincarnations de chacun. Par le biais de l'hypnose, ceux qui décident d'entrer dans cette initiation parviennent à avoir accès à quelques-unes de leurs nombreuses vies antérieures. Pour certains, ça les aide à mieux comprendre leur vie actuelle, et même à casser ou dénouer des schémas répétitifs non expliqués. Mais pour d'autres personnes, cette approche peut occasionner des dégâts, tels qu'une déresponsabilisation ou une fuite devant les conséquences de leurs actes.

Clara s'arrêta un court instant, et nous sentions que ce qu'elle allait nous révéler était personnel et même intime. Nos regards la poussèrent à continuer.

— Pour ma part, je ne me sens bien qu'en présence de la nature autour de moi. Je suis différente de beaucoup de mes contemporains, comme beaucoup d'entre vous ce soir. Vivre enfermée dans un bureau serait un enfer pour moi. J'ai un besoin viscéral de contempler la nature, la comprendre, la sentir, l'admirer, la toucher. De nombreux scientifiques réalisent des études dans la forêt que je gère en partie, justement car la faune et la flore y sont préservées. Certaines zones ne sont pas habitées, et les sentiers pour y accéder sont tellement accidentés que je m'y rends la plupart du temps avec ma jument Osiris. C'est mon inséparable compagne de tous les jours. Je dirais même qu'elle est ma meilleure amie. La première fois que la Déesse Mère s'est adressée à moi, j'ai d'abord cru que mon imagination me jouait des tours. C'était il y a seulement deux ans. Ce n'était d'abord qu'une première approche… J'entendais des chuchotements parfois un peu sifflotants, la nuit. Des messages d'amour, d'espoir, mais aussi de colère et d'incompréhension. Emmanuel ici présent a détecté en moi la médium qui pourrait prendre son relais. J'ai suivi auprès de lui une formation tout au long de ces deux ans pour apprendre à capter les messages entendus et les conceptualiser. Des images se sont régulièrement formées dans mon esprit, puis des scènes, et même des films entiers. Le film de l'histoire de notre Terre, sa conscience, sa vie, ses enfants… Ce soir, c'est par ce biais que je vais m'adresser à vous. Vous allez en quelque sorte entrer dans mon mental, dit-elle, l'air sérieux.

Aussitôt son dernier mot prononcé, un écran blanc géant se déplia sur la plus grande paroi de la grotte. Bào et Alioune n'en avaient apparemment jamais vu d'aussi grand, au vu de leur air ébahi et interrogateur. Nous étions à présent dans une salle de cinéma, si ce n'est que nous n'étions pas installés sur des sièges en velours, mais assis sur des coussins. J'étais intimement convaincue que le film projeté serait vraiment particulier.

— Je suis actuellement en mission pour deux jours afin de délivrer des messages de Mère aux gens du passé, enchaîna-t-elle. Cette fois, je dois dire que vous venez en effet de périodes très éloignées, mais c'est d'autant plus enrichissant ! S'il y a d'autres questions à la femme que je suis, faites-le maintenant, car après cela, je ne serai plus que l'être à travers lequel la Déesse Mère communiquera avec vous. Bien sûr, tout le monde doit se tutoyer, nous nous connaissons bien, maintenant.

Je levai la main avant qu'elle ne prenne son rôle de messagère.

— Clara, tu as donc accès au passé sans avoir besoin de livres, manuels, articles, témoignages, reportages, documentaires, journaux, blogs ou sites internet ? C'est prodigieux ! Adèle arrive à communiquer avec des gens du passé, j'en suis un témoin direct, et il me semble que Nirvelli, Alan et même Alioune font des sorties de corps en méditation pour visiter des scènes du passé. Bào communique avec les éléphants et Simon et moi faisons des rêves très précis. Mère nous a-t-elle choisis tous les sept pour nos aptitudes un peu spéciales dans le monde onirique ?

— En effet, Cécile ! Elle choisit toujours des gens qui pourront entendre, écouter et véhiculer ses messages. Elle ne repère que nos âmes. Elle ne sait pas qui vous êtes ni d'où vous venez. Elle capte juste vos rêves et vos pensées. Si vous êtes ici ce soir, c'est que vous êtes prêts à l'écouter.

Après une courte pause, elle reprit son air sérieux, respira profondément :

— S'il n'y a plus d'autres questions, je vais pouvoir allumer cet écran.

Clara se positionna derrière nous.

— Tout passera à travers cet écran, désormais. Je m'installe derrière vous, et je vous apporterai des éclairages nécessaires faisant suite aux scènes choisies par la Déesse Mère. Chers amis, à partir de maintenant, je ne suis plus Clara, femme du XXIV$^e$ siècle, mais Messagère C, fille de la Grande Déesse, aussi appelée Déesse primordiale, Gaïa, Terra ou bien d'autres noms encore plus anciens que je n'ai pas le temps d'énumérer ce soir.

Cette fois-ci, la peur prit le dessus. Je fus prise de tremblements incontrôlables. Un instant, j'eus l'idée de fuir, du moins lors des images qui viendraient inévitablement de mon époque. Mais si j'étais là, c'est qu'il devait y avoir une raison à cela. Même si je tentais de me rassurer, mes mains étaient toujours parcourues de mouvements désordonnés. Je tentai une respiration profonde pour ne pas m'évanouir. Me sentant au bord du malaise, Clara s'adressa à moi :

— Cécile, calme-toi... Il ne s'agit pas pour toi d'assumer les agressions commises contre elle à ton époque. Il ne s'agit d'ailleurs pas de juger, mais de comprendre les choses de l'intérieur afin d'essayer de trouver des réponses, ou du moins des explications. Tu verras que Mère accorde toujours de l'importance à celles et ceux qui œuvrent pour son bien. Et tu pourras voir que même à ton époque, nombreuses étaient les personnes qui agissaient dans ce sens. D'ailleurs, tu en fais partie. Maintenant, si vous le voulez bien, je me remets en communication avec elle pour que nous puissions vraiment commencer !

Il était inutile de lutter. Ma peur s'éloigna pour laisser place à la curiosité et à l'espoir. Comment l'humanité avait-elle évolué au cours des siècles, et comment se comportait-elle envers la Terre trois cents ans après cette nuit de 2018 ?

L'écran s'alluma enfin. D'une voix plus ferme, Clara commença un exposé. Sa locution était assez rapide, et même parfois un peu saccadée, mais nous la comprenions parfaitement.

— Je vais parler et m'adresser à vous à la suite des images ou vidéos que vous verrez. Ne m'interrompez pas, s'il vous plaît, car tout ce temps-là, je serai en communication avec Mère et je ne pourrai pas vous répondre !

L'idée de l'interrompre ne nous traversa même pas l'esprit.

— Mère ira vite, ne soyez pas surpris. Elle veut exposer et approfondir trois thèmes avec vous ce soir. Le premier des thèmes concerne la mise au monde des enfants et l'accueil qui a été accordé aux nouveau-nés au fil des millénaires. Commençons, si vous le voulez bien, par la période préhistorique.

Un souffle parcourut la pièce. L'Esprit de la Grande Déesse était bien présent.

— La première scène que vous allez découvrir se déroule environ 16 000 ans avant l'ère chrétienne. Nous sommes aux abords de la grotte de Pech Merle dans le Lot, dans le sud-ouest de la France, pour être plus précise. Il s'agit d'une chaude journée d'été.

Aussitôt la phrase terminée, l'écran nous présenta la scène : nous découvrîmes en effet un couple d'humains appartenant à une période très éloignée de la nôtre. Mes faibles connaissances de la morphologie des humains préhistoriques me firent penser qu'il s'agissait d'un homme et d'une femme de Cro-Magnon. La femme était enceinte, probablement à terme, vu l'ampleur de son ventre qu'elle soutenait à deux mains. Elle s'arrêtait régulièrement pour s'accroupir. Les douleurs avaient commencé. L'homme veillait sur elle, la précédant pour la protéger ou lui donnant la main lorsqu'elle souffrait. Où allaient-ils ainsi ?

— Ava va accoucher d'ici quelques heures. Pour les femmes de cette époque, il s'agissait toujours d'un événement périlleux, car elles étaient à ce moment clé très vulnérables… Pour Ava, il s'agit de la naissance de son premier enfant, ce qui accentue encore sa peur qui a toute sa raison d'être. Elle a 16 ans. Heureusement, Mère a toujours veillé sur les humains, et elle leur a offert un refuge.

Ils arrivèrent enfin devant leur grotte, où le groupe installé, inquiet, les attendait fébrilement. Juste avant de faire leur entrée, elle perdit les eaux : elle se plia en deux. Apparemment, les contractions devenaient de plus en plus précises, et surtout bien plus rapprochées. Elle n'avait plus de répit. Des torches assuraient une luminosité faible à l'intérieur. Nos yeux durent s'accoutumer à la pénombre. Le couple s'était absenté depuis l'aurore, et au vu de l'état d'Ava, les membres du groupe ne semblaient pas d'accord avec cette prise de risque. Une dame âgée réprimandait fortement l'homme qui l'accompagnait, à l'aide de signes on ne peut plus explicites.

— Cette femme sait pourtant pourquoi Ava a pris ce risque, dit Clara. Lors de ces temps reculés, toutes les femmes, lors de la naissance de leur enfant, éprouvaient simultanément la peur de mourir. Ava voulait voir la lumière du soleil, sentir le vent sur sa peau, se baigner dans le lac voisin, voir la nature, aimer son compagnon, le sentir, le caresser, peut-être pour la dernière fois. Elle voulait… vivre !

Elle a senti au petit matin les premiers signes annonciateurs de la venue de son premier bébé. Comme des coups de poignard dans son ventre. Ou bien comme une porte qu'on essaie d'ouvrir et qui est verrouillée… Ava et ses contemporains ne possédaient pas encore toutes nos connaissances actuelles de l'intimité humaine, surtout de celle des femmes, plus cachée et mystérieuse encore que celle des hommes.

Ava fut immédiatement prise en charge par les femmes du groupe. Une femme âgée, peut-être sa mère, lui tenait la main en lui caressant ses cheveux crépus. Toutes l'entouraient et l'encourageaient. Un récipient rudimentaire était réservé pour apporter à boire à Ava et permettre de laver sommairement l'enfant à naître. Les hommes, dans la pièce voisine, entonnèrent un chant harmonique rudimentaire. J'y vis une sorte d'invocation, et même une prière. Ils se recueillaient tous, à part l'homme qui accompagnait Ava, toujours très nerveux.

— Mère dit que les hommes ont toujours appelé la protection d'un Dieu ou d'une Déesse qui viendrait veiller sur le bon déroulement de la naissance.

Dans la pièce des femmes, un grand recoin bien isolé, nous pouvions entendre Ava crier, haleter, et des fois même perdre pied, paniquée. Elle était accroupie sur le sol, au-dessus d'un petit creux. Nous étions tous suspendus à ce moment. Enfin, elle poussa un dernier cri sauvage, vite suivi du cri d'un nourrisson. Les femmes saisirent très vite le bébé pour le masser légèrement sur la poitrine. Le bébé était une fille. Les femmes la nettoyèrent dans des gestes connus depuis des temps immémoriaux et mirent cette petite au sein de sa mère. Mère et fille étaient toutes deux recouvertes de peaux de bêtes. Ava était encore sous le choc de cette naissance assez violente. Elle frissonnait et son esprit sembla quitter son corps.

*Pourvu qu'elle ne soit pas atteinte de fièvre puerpérale !* pensai-je alors.

— La naissance n'est pas finie ! nous dit Clara. Les Hommes de la période d'Ava estimaient qu'une partie des risques pour la mère était écartée une lune plus tard. Pour l'enfant, ils ne commençaient à être rassurés qu'une fois l'allaitement terminé, soit vers 3 ou 4 ans environ. Ce qui ne les empêchait évidemment pas d'aimer inconditionnellement les tout-petits, au contraire, même ! Pour la femme, il y avait le risque d'hémorragie de la délivrance, la fièvre, la malnutrition des futures mères, si maigres qu'elles ne pouvaient parfois pas supporter la mise au monde de leur enfant. Revenons donc un mois plus tard…

L'écran nous présenta la nouvelle scène : Ava tenait sa petite fille dans ses bras, qui tétait. Son visage avait retrouvé sa sérénité et son attachement à son bébé était évident.

— Ava et sa fille ont eu de la chance. Cette petite est née en plein été, à une saison où la nature regorge de fruits, baies et animaux sauvages. Ava a pu se nourrir correctement, assurant ainsi une production de lait suffisante pour nourrir son enfant. Le groupe est plus soudé que jamais avec cette nouvelle enfant qui, ils l'espèrent, survivra et atteindra l'âge adulte. Ces êtres humains préhistoriques détenaient une vérité perdue au fil des différentes civilisations : la préciosité de la Vie ! Chaque enfant qui naissait était accueilli comme un petit miracle. D'ailleurs, regardez bien les fresques qui ornent cette paroi : la toute petite main du bébé est peinte en rouge à côté de celles des autres membres de ce groupe. Le rouge pour les tout-petits et les enfants, l'orange pour les adolescents, et enfin l'ocre pour les adultes. Nous pouvons y voir un premier recensement de la population. Ava et ses contemporains sont nos ancêtres. N'oublions pas que c'est grâce à eux tous que nous sommes ici.

Combien de petites mains étaient par la suite venues agrandir le cercle de la tribu et des autres ? J'éprouvai un sentiment de gratitude envers eux. Ces humains préhistoriques portaient l'histoire de nos origines.

— Maintenant, nous allons changer de pays et surtout de période, dit Clara, nous imposant de sortir de notre état d'admiration. La scène suivante se situe en Amérique du Nord, dans le Nebraska, avant l'arrivée des hommes blancs, les « longs nez », comme les nommaient les indigènes vivant ici depuis des millénaires. Pour Mère, plusieurs de ces peuples étaient ceux sur lesquels elle portait le plus d'espoir. Ils recherchaient avant tout une harmonie avec sa vraie nature. Elle en parle toujours avec nostalgie. Je sais que le terme utilisé pour les décrire est « animiste ». Il s'agit avant tout d'une philosophie de vie, accordant à la Nature des vertus magiques.

Aussitôt sa phrase terminée, l'écran s'alluma pour nous montrer un panorama très différent. Une femme, petite et fine, était elle aussi sur le point d'accoucher. Le paysage environnant était absolument splendide ! Ce peuple vivait au milieu des éléments, sans perturber l'équilibre présent.

Nirvelli ne quitta pas la scène des yeux. Elle était complètement captivée.

— Yepa va mettre au monde son troisième enfant. Son prénom signifie « princesse de l'hiver », car elle est née un jour d'hiver particulièrement rigoureux. Ses parents étaient très inquiets lors de sa naissance, mais heureusement, elle a survécu grâce à la chaleur et à l'amour de sa tribu, et aussi à son incroyable force de vie !

Yepa était installée dans un wigwam, entourée des femmes de la tribu. Clara reprit la parole :

— La naissance se déroule parfaitement. Comme il s'agit de son troisième enfant, elle connaît les différentes étapes nécessaires à la venue de son bébé, et elle sait comment procéder pour accompagner ses douleurs à l'aide de respirations profondes. Elle invoque la protection de l'Esprit de la Nature, un autre nom pour notre Déesse Mère, pour l'aider à supporter sa souffrance. Il faut savoir que Mère entend toutes les femmes qui mettent au monde un enfant. Elle se sent souvent impuissante, mais elle est là. Elle reconnaît la difficulté qu'éprouvent les femmes à accoucher, mais cela est dû à des facteurs qui la dépassent. En effet, la bipédie des humains a induit un rétrécissement du bassin des mères. Hélas, parallèlement à ce handicap, le périmètre crânien des bébés n'a cessé de croître. Cela l'a mise face à un dilemme : c'est une amélioration qui a amené des complications... Elle a encouragé par son énergie les hommes et femmes à mieux comprendre les mécanismes qui entourent les naissances afin d'éviter des catastrophes qu'elle cherchait à éviter à tout prix. Les progrès ont été colossaux depuis l'époque de cette scène. Yepa sent la présence de Mère, qui la rassure.

Une dame plus âgée veillait au déroulement de la naissance, touchant son ventre pour vérifier la position du bébé. Même si tout se déroulait pour l'instant sans encombre et que le bébé se présentait bien la tête en bas, la tension était bien présente. Après des contractions plus violentes et rapprochées, faisant parfois crier Yepa, les femmes se mirent à l'encourager et à l'accompagner dans ses efforts. Le bébé poussa enfin son premier cri.

— Yepa a donné naissance à un magnifique garçon ! Celui-ci grandira auprès de ses parents, de son frère et de sa sœur. Isha, son père, veillera sur sa famille avec tout son amour. Pourquoi est-ce que Mère vous montre ces deux scènes ? Vous allez bientôt le comprendre. Dans toute l'histoire de l'humanité, la venue au monde des enfants fut un événement magique, entouré de fêtes et de joie.

Clara changea de voix pour continuer :

— La suite ne sera pas aussi idyllique que ces deux premières scènes... Vous devrez être courageux pour pouvoir supporter ce que vous allez voir... Nous nous trouvons actuellement en Inde au début du XXI$^e$ siècle...

Il s'agissait là de mon époque. En Inde… Malheureusement, je redoutais la scène que nous allions découvrir…

L'écran nous présenta une scène macabre. Une femme était étendue morte sur un lit, les traits encore figés dans la terreur. Son nouveau-né, nu et inerte, était posé sur son ventre. À côté de ce qui semblait être une scène poignante, un jeune homme coiffé d'un turban beige et habillé d'une tunique, accompagné d'une dame plus âgée vêtue d'un sari, se congratulaient en poussant des cris de joie. Cette joie hystérique nous parut d'abord une crise de folie liée au choc de ces pertes terribles. Notre empathie s'emballa envers cet homme que nous pensions éprouvé par un deuil brutal. Mais à l'évidence, cet homme était vraiment heureux ! Nous n'arrivions pas à croire que ce plaisir fût réel.

— Son regard me terrorise ! s'écria Bào.

— Ce regard terrorise aussi Mère ! Il s'agit d'un homme dont la femme vient de mourir en couches et dont la fille est décédée. Il jubile, car il n'aura pas de dot à provisionner pour la fille qui vient de naître et de mourir. De plus, il pourra obtenir une nouvelle dot lui-même en se remariant, tout en conservant toutes ses chances pour avoir le fils nécessaire à la cérémonie funéraire devant apporter une suite à sa mort. Il cherchait un moyen d'éliminer sa fille et se demandait si sa femme ne lui causerait pas d'ennuis ensuite. Là, tous ses doutes ont disparu, sans risque…

— C'est monstrueux ! cria Nirvelli.

— Tuer son enfant ? demanda Alioune.

— Tuer, oui, mais pas de ses mains, car il est trop lâche pour cela ! Non, il avait prévenu sa femme qu'elle devrait tuer l'enfant si c'était une fille… répondit Clara, ne cachant pas sa tristesse.

Alan, furieux, cria :

— Mais elles ne pouvaient pas se rendre dans un hôpital ? Elles auraient pu être sauvées toutes les deux, non ? Au début du XXIᵉ siècle, pas si lointain du mien, la médecine était bien au point, tout de même !

— Certainement Alan ! La mère aurait alors eu une césarienne en urgence, car le bébé s'étranglait avec son cordon à chaque contraction, et ne pouvait donc plus descendre. Ainsi mère et fille auraient été sauvées et auraient reçu les soins nécessaires pour surmonter cette naissance compliquée. Mais comme je vous le disais plus tôt, les projets du père étaient macabres pour la fillette ! Et la mère elle-même risquait le pire par la suite… Aucun hôpital au monde n'aurait laissé cet homme agir ainsi !

— Je n'arrive pas à imaginer une telle scène… dit Bào, contenant difficilement un sanglot.

— Bien sûr que cela paraît inimaginable. Mais savez-vous ce qu'il s'est passé entre les deux premières scènes et celle-ci ? Ce qui vous a permis de toucher du doigt le contraste entre ces trois scènes ?

Je pris la parole, ne connaissant que trop la réponse :

— Le fait que les femmes soient devenues un sujet de marchandage dans certaines cultures… L'arrivée du pouvoir financier a relativisé ce qui auparavant n'avait pas de prix.

— Voilà, tu approches ! répondit Clara. Un objet de marchandage, et même un objet au bénéfice des hommes qui revendiquaient souvent une emprise dictatoriale sur elles, en les empêchant de vivre leur féminité. Un objet et non plus un être… C'étaient l'ignorance et la peur qui dictaient leurs actes. Mais ce n'est pas tout ! Ces hommes ont perdu toute conscience de la Vie, niant leur appartenance à la nature. C'est pour cela que ce regard dément vous a terrorisés. Cet homme vivait dans son petit village comme s'il était un dieu, décidant quelle vie devait être épargnée ou supprimée, ignorant les lois et les valeurs de son pays et du monde entier. Il agissait en totale illégalité et impunité, pensant agir dans son bon droit ancestral. Ce qui vous a choqués dans son regard, c'est le vide ! Le vide d'amour, de vie, d'espoir, de réflexion, de culture, de conscience, d'intelligence… Cet homme illettré a grandi sans connaître autre chose que ce qui était enseigné par les hommes de son village depuis des millénaires. J'irais presque jusqu'à dire qu'il était perdu pour l'humanité !

Elle marqua une légère pause avant de continuer, confuse :

— Je suis désolée… Cette dernière phrase est de moi. Je m'égare, veuillez m'en excuser…

Emmanuel, qui n'avait pas prononcé un mot depuis le début de la Séance, prit la parole :

— Clara, voici un cheminement que tu dois encore renforcer : renoncer à ta colère et à tes jugements. Il s'agit là de l'exercice de loin le plus difficile, car certains sujets nous touchent inévitablement beaucoup plus que d'autres. J'ai eu tant de mal moi aussi à laisser de côté ma colère… Tu n'arrives pas à comprendre un tel vide, mais si tu le veux bien, je vais diriger la prochaine vision. Vous verrez la leçon à tirer de tout cela.

— Oui, je veux bien, répondit-elle. Il faut que je me calme et que je me reconnecte avec Mère.

— Bien, Clara, très bon réflexe ! l'encouragea-t-il. Donc, les amis, nous en étions à cette scène extrêmement sombre et même terrible de cet homme, jubilant devant deux morts qu'il avait indirectement provoquées avec la complicité de sa propre mère. Je vais finir ce paragraphe avant de passer à la scène suivante. Ces hommes-là, comme vous avez pu le comprendre, s'étaient désaxés de leur divin profond, pour laisser parler leurs bas instincts : la cupidité, l'envie de pouvoir impérieux, la violence, la perversion. Cela s'est toujours fait chez eux, mais ils ont toujours gardé assez de femmes pour continuer à exister. Pourtant, une chose a changé à la période dont nous parlons, qui correspond à la période de Cécile. Il s'agit de la mondialisation ! Quelques femmes du village, extrêmement courageuses, ont bravé des dangers insensés au péril de leur vie pour alerter des journalistes. Leur lutte était inexorable, soutenue par des songes envoyés par Mère, qui les guidaient chaque jour, quitte à sacrifier leurs nuits. Elles surent transformer leurs cauchemars en espoir.

Enfin, nous percevions un peu de lumière. Le regard d'Emmanuel s'adoucit.

— Suite à ces deux morts insupportables, ces femmes, mères ou bien jeunes filles, vivant toutes dans la violence des hommes, ont d'abord informé la presse nationale de leur situation épouvantable, ce qui a permis de la rendre visible. Une avocate célèbre a pris spontanément part à ce combat. Elles y ont toutes consacré l'essentiel de leur existence. Le petit article dans lequel elles dénonçaient des conditions de vie d'un autre temps fut le point de départ d'une lutte de civilisation. Des millions d'Indiens ont exigé de leurs dirigeants des lois plus strictes et l'application sans faille des peines. Cet article a dévoilé crûment les horreurs cachées que tous voulaient ignorer. L'information devenue virale a dépassé les frontières du pays, créant une tension internationale qui devint vite prioritaire pour le gouvernement. Plus aucun cas n'était désormais ignoré, l'impunité n'était plus possible. Les hommes qui maintenaient ces traditions furent systématiquement jugés et condamnés. Petit à petit, il ne resta plus dans le monde la possibilité de monnayer un être humain, y compris dans le cadre d'un mariage. Mère a donc obtenu ce progrès en poussant ces femmes à agir. Elle a ensuite éclairé tous ceux menant un combat contre l'obscurantisme. Cette médiatisation a aussi permis de recentrer l'humanité sur la valeur de la vie, dans ce qu'elle a de plus divin.

— Je crois que mon pays l'a compris depuis longtemps, dit Bào, les larmes aux yeux, encore sous le choc du regard de cet homme insensible. Je comprends qu'aimer autant nos enfants est finalement un choix. Personne n'imagine la moindre alternative, mais il a donc fallu affronter des tempêtes avant d'en arriver là…

Clara, moins pâle, reprit le cours de la conversation :

— Merci Emmanuel ! Je veux bien diriger la dernière vision qui me vient. Elle concerne aussi une naissance, mais nous avançons encore dans le temps pour arriver en Norvège en 2315.

J'étais impressionnée. J'allais assister à une naissance dans le futur.

L'écran s'alluma et nous vîmes un couple dans une chambre très confortable, prêt à accueillir son enfant. Une baignoire portative était installée tout près du lit.

— Lisa et son mari Sven sont dans une maison de naissance. L'hôpital est situé juste à côté, et si une complication apparaissait pendant la venue de cet enfant, le transfert de Lisa serait immédiat. Les siècles passés ont vu l'accouchement se médicaliser avec une telle outrance que les maisons de naissance se sont multipliées en réaction à une surmédicalisation généralisée. De nombreux parents ont pu ainsi accueillir leur enfant dans la sérénité et la douceur. L'Europe du Nord fut avant-gardiste sur ce point, mais ne le resta pas longtemps.

Une musique douce vint apporter un sentiment de douceur et de détente. La mélodie méditative possédait des sonorités harmoniques très intéressantes. Elle était jouée par une harpe et un instrument à vent dont je ne connaissais pas la sonorité : un mélange entre la flûte traversière et la flûte de pan. Lisa effectuait une sorte de danse pour accompagner les mouvements de son bébé. Sven l'accompagnait et lui massait le bas du dos lorsqu'elle avait une contraction douloureuse.

— Le grand frère du bébé qui va naître est gardé par les parents de Lisa, qui se font un sang d'encre ! Mais ainsi, Sven et Lisa sont pleinement dans l'instant présent pour accueillir leur bébé. Ils ont fait le choix de ne pas connaître son sexe, pour garder une part de mystère sur ce petit être attendu et sur le point de voir le jour.

J'étais inquiète de ne voir aucune sage-femme ou aucun personnel médical pour voir si tout se déroulait bien.

— Cécile, ta période est marquée par une médicalisation presque excessive de la naissance. Elle était justifiée et le reste encore, car la naissance reste un acte imprévisible et parfois périlleux. Mais si tu regardes bien, tu verras que les cœurs de la maman et de son bébé sont sous contrôle, derrière la chambre. Les monitorings de maintenant sont très différents de ceux de ton époque : tu pourras remarquer que celui de Lisa est à peine visible ! Ainsi, son ventre n'est pas comprimé. L'avancement du col est assuré par une sonde microscopique insérée, qui ne gêne en aucun cas la descente du bébé. Ainsi, il n'y a pas besoin d'effectuer des touchers intempestifs.

En effet, derrière la chambre, une multitude d'écrans connectés nous assuraient que tout se déroulait bien. Le contraste entre la sérénité de la chambre dans laquelle se trouvait le couple et la technologie avancée de la salle voisine était saisissant. Le perfectionnement de plus en plus accompli de la technologie était, dans ce cas, au service d'une naissance plus confortable et moins intrusive.

— Et elle n'a pas de péridurale ? demandai-je, un peu inquiète devant la souffrance visible de Lisa.

— Non, car ce bébé arrive trop vite ! Le col est passé de deux à neuf centimètres en seulement trente minutes. Le temps que l'aiguille soit posée et que l'anesthésie se montre efficace, le bébé sera déjà né. Par contre, cette absence de péridurale demande un accompagnement plus soutenu de la part de la sage-femme.

Lisa, un peu paniquée, s'accroupit et appela à l'aide. Aussitôt, une sage-femme arriva et examina la situation. La naissance était sur le point de se produire.

— Eh bien, Madame, on dirait bien que ce bébé est pressé de voir le monde ! dit-elle en souriant. Voulez-vous vous installer dans la baignoire pour le faire naître dans l'eau ou bien voulez-vous vous installer sur le lit ? Ou alors préférez-vous rester dans votre position ?

— Je ne peux plus bouger ! cria Lisa, souffrant visiblement. Le bébé arrive ! Je le sens. Je vais pousser ! Il veut sortir tout de suite !

— Mais laissez-moi enfiler mes gants ! répondit la sage-femme en riant.

Elle se dépêcha de les enfiler et son front se plissa. Nous devinions ses pensées : le bébé arrivait apparemment un peu trop vite. Les complications possibles qui peuvent survenir lors des naissances trop rapides ? Des séquelles respiratoires chez le bébé. Par acquit de conscience, elle activa le bouton qui avertit l'équipe médicale de l'hôpital de se tenir prête. Elle écrivit très vite : naissance rapide ! Même si elle savait gérer les réanimations des bébés, elle préféra s'assurer d'un soutien supplémentaire. Un pédiatre arriva dans la salle de garde et indiqua l'avoir bien reçu. Il buvait son thé en regardant les rythmes cardiaques de la maman et du bébé enregistrés sur un écran. Pour l'instant, rien n'était alarmant, mais il ne s'éloigna pas pour autant.

La sage-femme se mit à encourager Lisa :

— Maintenant, nous y sommes ! Faites comme vous le sentez ! Vous pouvez crier si cela vous soulage, chanter, jurer, tout ce que vous voulez ! Mais il faudra respirer très profondément entre les contractions. C'est très important ! Les femmes savent mieux que quiconque mettre au monde leur enfant. Je suis là, avec vous, Madame, et vous, Monsieur, vous pouvez la maintenir accroupie en la soutenant par ses aisselles.

Sven vint l'embrasser et l'encourager à son tour.

— Allez, Lisa ! On y est ! Vas-y ! Pousse, ma chérie ! Allez, tiens ma main si tu peux !

Lisa prit une profonde inspiration et poussa fort et longtemps, puis respira de nouveau pour retrouver de la force pour pousser de nouveau.

— C'est bien, Lisa ! Tout se passe très bien ! Votre bébé est blond, je vois ses cheveux. Allez, il reste les épaules. Il est costaud ! Vous allez d'ailleurs bientôt savoir s'il s'agit d'une fille ou d'un garçon. Allez, encore un dernier petit effort pendant la prochaine contraction. Ce sera la dernière, rassurez-vous !

Aussitôt sa phrase terminée, une petite fille fit son apparition dans le linge prévu pour l'accueillir. La sage-femme s'éloigna quelques instants pour l'examiner. Elle lui massa légèrement la poitrine et nota ensuite son score d'Apgar au bout d'une petite minute de vie : il était à 10, donc parfait ! Elle avait eu peur pour rien : cette enfant était pleine de vie et montra sa colère d'avoir été poussée si rapidement dans un monde froid où elle ne se sentait plus protégée. La sage-femme s'adressa à elle avec tendresse :

— Bienvenue, Mademoiselle ! Tu étais pressée de nous voir, n'est-ce pas ? Allez, comme tu t'en sors comme une championne dans ton adaptation à l'air libre, je t'emmène de suite voir ton papa et ta maman pour qu'ils puissent te toucher et te voir plus longuement !

Regardant les parents avec tendresse, elle s'adressa à eux :

— Félicitations, Madame ! Votre petite fille va très bien ! Vous avez été exceptionnelle ! Connaissez-vous déjà son prénom ?

— Oui. Nous allons l'appeler Hannah ! répondit le papa, ému.

Sven prit sa petite Hannah dans ses bras et l'amena devant la baignoire pour réaliser son premier bain. Cette immersion dans l'eau tiède devait rappeler à cette dernière le milieu liquide et douillet qui lui avait permis de vivre pendant neuf mois. Elle se détendit instantanément, bercée par cette voix qu'elle connaissait bien. Il l'enveloppa dès sa sortie dans une serviette tiède, puis lui enfila sa toute première couche lavable. Il mit ensuite sa petite Hannah contre son torse dans sa chemise ouverte et assez grande pour les loger tous les deux, afin de bénéficier d'un précieux moment de peau à peau. Il lui parlait, la caressait, et la petite fille s'endormit enfin, après cette naissance express qui l'avait un peu secouée. Pendant ce temps, la sage-femme assistait Lisa pour finir son accouchement. Une fois la maman rétablie et allongée sur son lit, Sven s'approcha d'elle avec leur jolie frimousse toute blonde enveloppée dans une couverture et lui caressa la joue avec un profond respect. Il était admiratif devant la puissance de la vie. Il savait que ce jour resterait gravé à jamais dans sa mémoire. La petite Hannah téta tout de suite, instinctivement, puis s'endormit sur sa maman, au contact de sa peau dont elle connaissait l'odeur si rassurante et des battements de son cœur qui l'avaient bercée si longtemps.

— C'est une très belle naissance, dit Adèle. Quelle sérénité ! Quelle humanité de la part de cette sage-femme qui n'a laissé transparaître aucune peur pour accueillir cet enfant avec tant d'amour ! J'ai eu cette chance d'avoir été accompagnée lors de la naissance de ma fille par une sage-femme tout aussi exceptionnelle. Mais ce qui est un peu nouveau pour moi, c'est que ces maisons de naissances soient si répandues à ton époque, Clara, et qu'elles soient si proches des hôpitaux, avec tout le plateau technique. Il y en avait déjà de mon temps, mais très peu, et la plupart du temps, les mamans se rendaient tout de même à l'hôpital directement.

— Oui, je sais cela, Adèle. Les femmes en ont eu assez d'être infantilisées et elles ont voulu reprendre la main ! Ces naissances encadrées ont retrouvé leur côté naturel, tout en enlevant les risques possibles. Lisa va se remettre très vite de la naissance de sa fille. Je vous ai montré cette scène pour vous redonner espoir, suite au choc de la vision précédente, et aussi pour vous montrer que celle qui est derrière tous les avancements positifs, c'est notre Mère à tous !

Nous étions de nouveau plus détendus. Seul Bào semblait encore ailleurs, même s'il trouvait la dernière naissance belle et tellement humaine. Il était le plus lointain dans le futur pour moi, et j'imagine qu'il n'avait jamais vu un tel regard. Ce n'était pas mon cas, même s'il m'avait tout autant bouleversée que lui. Peut-être était-il ici pour mieux connaître le passé de son continent, afin de comprendre les retentissements que les habitants de son pays affrontaient encore ?

Clara se mit devant l'écran :

— Après différentes approches de la naissance à travers les millénaires, plusieurs points de vue donnant plus ou moins de valeur à un être humain selon son genre, sa couleur de peau, son pays, sa religion, ses parents ou tant d'autres critères préétablis, l'humanité s'est de nouveau rapprochée du côté divin qui était rattaché à la naissance d'une nouvelle âme. Vous verrez plus tard comment Mère a accompli cette amélioration. Maintenant, si vous le voulez bien, comme le temps avance, j'aimerais passer au second point qu'elle voulait aborder avec vous lors de cette séance. Avez-vous une idée de ce que cela pourrait être ?

Simon leva la main :

— Veut-elle aborder le thème de la Vie avec plus de globalité ? Pas uniquement celle des êtres humains, mais aussi celle de tout ce qui se déploie sur son sol et qui dépend de sa protection pour vivre ? Les animaux, les plantes ? Et peut-être même la place que chacun devrait occuper pour vivre en harmonie ?

— Mais vous êtes vraiment surprenants, ce soir ! répondit Clara en souriant. J'ai devant moi des élèves très éveillés spirituellement. Vous comprenez les choses, car vous les ressentez au fond de vous. Tu as raison, Simon, nous allons aborder l'état de santé de la planète.

# 8

# Séance de Vérité, deuxième partie : soir du 15 août 2320

— Nous allons donc aborder maintenant le deuxième point que Mère aimerait évoquer avec vous cette nuit… Nous allons analyser la manière dont l'Homme a toujours considéré son environnement, se permettant, en tentant d'abuser de sa domination présumée sur les mondes végétaux et animaux, de les modifier par de nombreuses sélections afin de faciliter ses activités et d'améliorer son confort. Nous découvrirons ensemble les résultats de ses choix incontrôlés. L'humanité a en effet régulièrement généré des situations désastreuses, que notre Terre affronte depuis des millénaires… Vous me direz que le sujet est si vaste qu'il faudrait bien plus d'une séance pour traiter ce point essentiel. Mais comme Mère aime réagir vite, elle se contentera de ne vous présenter que de courts extraits, voire de simples images de son histoire récente, celle qui correspond à l'incroyable ascension de l'humanité. Il faut savoir que nous sommes arrivés bien tard dans sa vie, mais pourtant, nous lui avons infligé des cicatrices hélas indélébiles. Commençons par remonter le temps, et dirigeons-nous vers un passé très lointain pour nous, mais relatif pour elle. Entrons, si vous le voulez bien, dans un village qui était situé à l'extrême est de la Turquie actuelle, à la frontière avec l'Iran, au Moyen-Orient, environ 8 000 ans avant l'ère chrétienne…

Aussitôt l'écran s'illumina pour nous présenter la place principale d'un tout petit hameau. De nombreux amandiers, oliviers et pistachiers offraient leur ombre à perte de vue. Ils devaient assurer une source importante de nourriture aux habitants des environs. Un système de zoom assez précis nous permit de cibler les moindres détails, mieux que si nous y étions vraiment. Alors que nous étions captivés, un souffle nous intégra physiquement dans le décor, au milieu des arbres. Nous y étions toutefois désincarnés, des êtres volants et invisibles. Lorsque Simon traversa un arbre sans éprouver la moindre douleur, nous en eûmes la certitude. Nous n'avions plus d'odeur ni de corps, et nous nous voyions par transparence. Nous faisions partie du paysage. Cela me rappela mon envol auprès d'Adèle quelques mois plus tôt. Je fus la première à prendre la parole, à voix basse :

— Alan, Alioune, Adèle et Nirvelli, lorsque vous sortez de votre corps pour vous fondre dans les paysages, est-ce que c'est cette sensation que vous éprouvez ?

Alioune me répondit d'une voix chuchotée :

— Oui, en effet, ça y ressemble fortement… Si ce n'est qu'ici, nous sommes plusieurs !

— C'est tout de même incroyable. Retourner à des temps reculés de l'humanité, pour la visiter… Je suis émerveillée, et ravie de vivre ça avec vous ! nous confia Adèle d'une voix feutrée.

— Oui, en effet, c'est extraordinaire, j'en conviens avec vous, mais ne nous dispersons pas. Nous avons sûrement encore beaucoup de choses à voir et à apprendre ici, conclut Bào.

Un chat tigré, mince avec de longues oreilles, de type oriental, était posté à l'entrée d'un champ de blé, à l'affût d'un mulot ou d'un serpent qui pourrait assurer son repas. Il bougea ses oreilles en notre direction. Il avait dû sentir notre présence. Il ne savait toutefois pas trop comment réagir. Nous l'entendions penser :

— *D'où viennent ces voix humaines si différentes de celles que je connais ?*

Nirvelli s'adressa à lui :

— Nous sommes des êtres venant du futur. Je me doute que cela ne te rassure pas, et que tu ne comprends peut-être pas cette notion de futur, mais je peux t'assurer que nous ne voulons aucun mal ni à toi ni aux êtres qui peuplent ces lieux. Bien au contraire ! Nous avons été projetés ici par la Déesse Mère.

Le chat s'approcha de nous et murmura :

— Dans ce cas, vous pouvez entrer ! Si c'est Mère qui vous envoie, alors effectivement, nous n'avons aucune crainte à avoir. Je vais prévenir les animaux. Les humains ne sont pas ouverts à la télépathie, mais nous leur enverrons des fréquences rassurantes.

Le chat détala à toute vitesse vers les maisons. Celles-ci, de forme ronde ou ovale et semi-enterrées, étaient bien séparées les unes des autres. Cette vision était en contraste total avec celle de nos immeubles chatouillant le ciel. Une des maisons, moins confortable que les autres, servait d'établi. Un homme y polissait soigneusement un silex dans la saignée d'un gros rocher, sous le porche, à l'entrée du village. Dans la ceinture qui assurait son pagne était glissé un magnifique étui en cuir, décoré de perles d'os colorées, enserrant une lame plus longue que je ne le croyais possible à cette époque. Une partie de la lame dépassait : sa couleur anthracite et son brillant me laissèrent supposer qu'elle était sûrement solide et particulièrement tranchante. Le silex se ramollissait lentement sur un foyer. L'homme transpirait et semblait particulièrement absorbé et concentré par son labeur. Deux jeunes hommes l'observaient, fascinés, certainement pour apprendre cet art qui se révélait aussi difficile que physique. Il les sollicita pour aller chercher de l'eau. L'un des deux se précipita servilement vers le puits situé à quelques dizaines de mètres, fier de pouvoir apporter son aide. J'eus un instant de frayeur en voyant un loup foncer vers lui, avant de réaliser qu'il s'agissait en fait de son chien excité par sa course. Celui-ci prit le temps de se faire laper les mains qu'il emplissait d'eau, avant de caresser rapidement sa tête. Pendant ce temps, l'autre dut se contenter de jeter régulièrement des coups d'œil sur le bloc de silex posé sur le foyer incandescent, dans l'espoir d'en voir un bout se détacher.

Clara s'adressa à nous. Sa voix était plus lointaine :

— La période néolithique est marquée, comme son nom l'indique, par la maîtrise de la pierre. Les outils fabriqués à cette période étaient pratiquement aussi efficaces que ceux en fer qui allaient suivre, mais ils étaient plus cassants. Ils permirent toutefois d'entreprendre le premier défrichage des bois alentour pour construire les premières maisons des villages, et surtout libérer des espaces pour les premières cultures. Le climat plus favorable qui permit l'expansion de l'agriculture, en plus d'une nature particulièrement généreuse et bénéfique, leur assura une source constante de nourriture. L'Homme, n'ayant plus à voyager pour se nourrir et ayant gagné par la même occasion une sérénité nouvelle quant à son avenir immédiat, disposa de davantage de temps. Les animaux sauvages furent écartés, et dans cet univers de ressources infinies, l'Homme commença vraiment à se forger une culture propre. Mère a pu observer les premières créations de ses enfants. Les instruments de musique déjà maîtrisés par leurs cousins Néandertal finirent par faire leur arrivée ici suivant la même impulsion. Nous étions alors bien loin des premières musiques arrachées de roseaux, d'os ou de bouts de bois ! Désormais, les percussions de toutes tailles rythmaient des pas de danse, mais aussi les gestes du quotidien. Des instruments à vent offrant plus d'harmoniques se développèrent, ainsi que des instruments à cordes, encore primitifs. Les peintures rupestres offrirent plus de variétés de couleurs et les sculptures étaient plus raffinées et fines.

Nous eûmes la chance d'observer une de ces sculptures. Je réalisai la chance que j'avais d'entrer dans un monde si fascinant. Admirer une œuvre d'art venant d'un temps si reculé était une bénédiction.

— Revenons à cette scène, si vous le voulez bien : cet homme construit une hache primitive, outil principal servant à couper les arbres. Ces derniers fournissaient le matériau principal de leurs habitations et aussi la matière première des feux dans les fours. Vous êtes actuellement dans un petit village du site de Çayönü, en Anatolie. Entrez maintenant dans cette maison, dit-elle de l'autre côté de l'écran.

Nous hésitâmes quelques instants avant d'entrer. Clara le comprit et nous parla :

— Ne vous inquiétez pas, cette famille ne sait absolument pas que vous êtes ici. Le chat vous l'a dit tout à l'heure, seuls les animaux peuvent sentir votre présence. Le chat de cette maison, qui n'est autre que le frère de celui qui vous a parlé en premier, a été averti par ce dernier, qui était si excité de propager cette nouvelle inouïe. Même s'il est forcément très curieux, il ne montrera aucun signe d'agressivité. Vous pouvez donc entrer !

L'intérieur de la maison était assez sommaire, mais les pièces étaient séparées par des cloisons en bois. Une jeune fille pilait des grains de blé et obtenait par ses efforts la farine qui allait servir à confectionner ces galettes si importantes, délicieuses, mais surtout nourrissantes, base de leur nourriture. Apparemment très fière de ce travail, elle chantait une mélodie rythmant ses gestes cadencés. Sa mère entretenait le feu dans le four de pierre pendant qu'un beau poisson rôtissait dedans. Le chat roux semblait se régaler de cette odeur :

— *Comme ça sent bon ! Mais quelle est donc cette viande mystérieuse ? Elle ne ressemble pas à un mulot, un lapin ou un serpent... Mais elle a l'air vraiment succulente ! Il va falloir ruser pour en voler un morceau sans être pris sur le fait !*

Ses réflexions silencieuses nous attendrirent. Même si les humains d'ici n'entendaient pas ses pensées, nous le pouvions, nous, et il se sentait trahi. Je m'adressai à lui :

— Nous ne nous moquons pas de toi ! Nous sommes juste amusés, car la gourmandise est légendaire chez vous les chats, comme chez nous, d'ailleurs. Cette viande s'appelle du poisson, et il a été pêché récemment dans l'eau de la rivière environnante. Mais plutôt que de penser à des plans de vols plus ou moins réalisables et surtout un peu risqués, pourquoi ne pas user plutôt de tes beaux yeux pour attendrir les habitants de cette maison ? Peut-être que ça marcherait, qui sait ?

Il me regarda d'un air interrogatif, pas du tout convaincu par mes propositions. Il garda toutefois ses projets pour lui.

Des olives et des pistaches étaient disposées dans des calebasses placées au centre de la hutte. Un petit garçon vint en quémander quelques-unes à sa mère, qui accepta. Son regard me fit un peu penser à celui du chat. J'en profitai pour parler au chat :

— Tu vois, il a réussi, lui !

Près du mur, dans un landau rustique mais confortable, car bien garni de tissus, un bébé dormait paisiblement. Clara s'adressa à nous :

— Nous assistons là au début de la sédentarisation des humains. La réalisation des premières rigoles permit une irrigation des récoltes à partir des rivières, marquant le début de l'agriculture moderne. Ils effectuèrent les premières sélections génétiques sur le blé. Patiemment, les cultivateurs avaient sélectionné le blé ne se détachant pas des épis pour les semailles. Celui qui tombait lors de la récolte était ramassé grain par grain. Cela permettait de se nourrir, mais surtout d'éviter d'en retrouver l'année d'après ! Ainsi, au bout de quelques années, tous les grains restaient attachés à la tige lors du fauchage, remplaçant le pénible glanage par un simple battage. Les meilleurs alliés pour protéger ces premières réserves de nourriture furent les chiens et les chats ! Les premiers surveillaient les récoltes, éloignant toute menace humaine.

Dès sa phrase finie, un chien vint vers nous en remuant la queue. Il était énorme, mais sa tête sympathique nous rassura. En effet, même si nous savions que nos corps étaient immatériels, nos réflexes de terriens ne partaient pas si facilement.

— Les seconds chassaient les rongeurs, véritable fléau ayant apporté de pénibles disettes par le passé. Associés à l'essor des poteries qui protégeaient des ravageurs, les populations d'êtres humains de la période du néolithique purent accumuler des stocks importants, leur conférant ainsi leur première puissance commerciale. Ainsi abritée et nourrie, la population mondiale connut sa première explosion. Cette mère trentenaire a la chance d'avoir encore cinq enfants vivants. En seulement treize ans, elle en a aussi mis au monde deux de plus ! La possibilité de donner des bouillies aux nourrissons a raccourci les périodes d'allaitement, accélérant ainsi l'arrivée du prochain enfant. Le petit dernier semble assez robuste pour survivre, mais sa fragilité le met à la merci d'une maladie ou d'un accident, même mineur. La vie des gens à cette période n'était pas vraiment de tout repos, mais malgré la peur permanente de se faire dérober leurs réserves, ils vivaient en paix. Aucune hiérarchie sociale n'existait encore entre eux, car tous avaient une utilité reconnue.

Clara marqua une pause et s'écria :

— Les amis, vous ne pouvez pas rester ! Emmanuel, peux-tu m'aider à les faire revenir ? Je n'ai jamais réalisé cela encore !

— Ah, mais c'est l'occasion idéale pour apprendre cela ! lui répondit-il. Il te suffit de fermer les yeux, de te concentrer sur eux et de les appeler, comme tu l'as déjà fait pour les appeler dans ce rêve. Allez, reste bien concentrée et tu devrais y arriver !

Alors que jusqu'à présent, nous avions une totale confiance en elle, une crainte nous étreignit : et si nous restions coincés dans cette scène de la préhistoire ? Sans corps ni vie réelle ?

— Cécile ! Laisse-toi porter et reviens près de moi ! m'intima Clara.

Aussitôt, mon corps revint dans la Salle de Réception. Il en fut de même pour nous tous.

Emmanuel la prit dans ses bras :

— Bravo Clara ! Tu auras appris cela dans cette Session, en plus du reste, comme trouver des messagers et guider des invités perdus. Je te félicite d'arriver à réaliser tout cela au bout de seulement deux ans !

Elle souffla un peu, soulagée, puis reprit sa conversation.

— Cette session est spéciale, en effet. Mais revenons à la séance… Je vous avais dit que Mère manquait de temps. Même si je m'attendais à découvrir avec vous les progrès majeurs comme l'invention de la charrue et de la jachère, elle désire maintenant vous amener directement à la fin du XX$^e$ siècle, en juin 1992, exactement. C'est Cécile qui vivait à cette période.

— En effet Clara ! En 1992, j'étais une collégienne de 14 ans.

— Retournons sur un moment décisif de l'histoire de notre Terre, dit-elle.

J'étais inquiète. Même si cette scène remontait à plus de vingt-cinq ans en arrière, j'imaginais que la Terre devait hurler sa souffrance, d'une manière ou d'une autre. J'étais alors trop jeune pour m'en rendre compte.

— Comme je l'ai dit précédemment, Mère aime soutenir celles et ceux qui œuvrent pour le bien de sa vie précieuse, et de celle de tous les habitants résidant sur son sol, dans le ciel, dans les océans et sous terre. Je vous amène maintenant à Rio de Janeiro, au Brésil, à la Conférence des Nations unies sur l'environnement et le développement, plus connue sous le nom de « Sommet de la Terre ». Cette conférence a eu lieu au mois de juin 1992 et elle a réuni 120 chefs d'États et de gouvernements. Ces dirigeants ont été aidés par plus de

1 500 scientifiques indépendants prestigieux, dont plusieurs étaient des lauréats du prix Nobel dans les sciences. En dehors de ces personnages historiques, environ 2 400 représentants d'organisations non gouvernementales étaient également présents, tandis que plus de 17 000 personnes assistaient au Forum des organisations non gouvernementales qui se tenait parallèlement au Sommet. Cette conférence, dans le prolongement de la Conférence internationale sur l'environnement humain qui avait eu lieu en 1972, a été marquée par l'adoption d'un texte fondateur de vingt-sept principes, intitulé « Déclaration de Rio sur l'environnement et le développement ». Il a notamment approfondi la notion du développement durable. Que disait ce texte, à votre avis ?

— Il était censé ouvrir les consciences pour éviter des catastrophes prévisibles liées aux activités humaines trop gourmandes en ressources ? répondit Alan.

— Oui, c'est cela ! Ces professionnels inquiets ont appelé l'humanité à réduire la destruction de son environnement et ont plaidé un changement radical dans notre gestion de la Terre et de sa vie. Ils ont imploré des actions politiques concrètes pour éviter des souffrances humaines à grande échelle, à savoir dans un avenir parfois lointain. Dans leur manifeste, ils ont montré que les êtres humains étaient sur une trajectoire de « collision » avec le monde naturel. Ils se sont dits préoccupés par les dommages existants, imminents ou potentiels sur la planète Terre, avec comme impacts la réduction de l'ozone et de l'eau douce disponible, l'effondrement des pêches, l'extension des zones mortes de l'océan, la perte de forêts, la destruction de la biodiversité, le changement climatique et la croissance indéfinie du nombre d'êtres humains...

Alan laissa échapper un soupir, involontairement. Clara reprit :

— Je vais essayer de parler moins vite, veuillez excuser ma locution rapide. Je ne fais que répéter ce qu'elle me dicte, et je reconnais que ça doit être compliqué de suivre. Mais revenons au sujet. Ces scientifiques ont proclamé que des changements fondamentaux étaient nécessaires de toute urgence pour éviter que la trajectoire catastrophique des dernières décennies ne s'amplifie... Les auteurs de ce texte révolutionnaire craignaient que l'humanité, par ses activités économiques, ne pousse les écosystèmes terrestres au-delà de leurs capacités à soutenir le tissu de la vie. Ils ont décrit par le biais d'une approche rapide plusieurs des limites que la planète pourrait tolérer sans dommage irréversible. Les scientifiques présents ont pris des risques en dénonçant ce qu'ils ont pointé du doigt, et en dénonçant aussi les mensonges assumés grossièrement... Ils ont plaidé pour la stabilisation de la population mondiale, alors élevée à plus de cinq milliards d'êtres humains, en décrivant comment ce nombre déjà trop élevé exerçait comme pressions sur la Terre, pouvant annuler les efforts pour construire un avenir durable. Ils ont sollicité des mesures concrètes et efficaces afin de réduire les émissions de gaz à effet de serre, véritable bombe à retardement, mais aussi pour éliminer les combustibles fossiles, réduire la déforestation et inverser la tendance à l'effondrement de la biodiversité. Ils ont été les premiers avocats de la Terre : Mère était enfin considérée et défendue !

Je me souvenais en effet de ce Sommet, qui avait déchaîné des passions un mois durant. Pour la jeune fille que j'étais, je pressentais que tous ces scientifiques et décideurs connaissaient les mesures à adopter pour freiner la descente infernale qui se profilait devant leurs yeux. Mais je pressentais également que les têtes renfrognées de certains dirigeants, en particulier ceux qui détenaient les réserves de pétrole, ne rendraient pas la tâche facile...

— Puis-je te poser une question ? demanda Simon. Comment cet avertissement a-t-il été accueilli par les citoyens du monde ? Ont-ils eu une prise de conscience générale devant les catastrophes qu'ils avaient eux-mêmes provoquées ? Enfin, eux et leurs ancêtres, je veux dire, car j'imagine bien que cela faisait suite à plusieurs décennies de gaspillages…

— Pour répondre à ta question, Simon, il y a une bonne nouvelle, et une mauvaise nouvelle. Alors, je vais commencer par la bonne. Cet appel a permis de combattre un fléau largement majoritaire à cette époque : l'ignorance ! Et celui-ci s'est appuyé sur des relevés scientifiques tangibles, en opposition avec des conceptions irrationnelles alors plus sensationnelles que réalistes. Voici d'ailleurs les dernières phrases de ce traité : « Les plus grands maux qui accablent notre Terre sont l'ignorance et l'oppression, et non la science, la technologie et l'industrie, dont les instruments, lorsqu'ils sont adéquatement gérés, deviennent les outils indispensables à un futur façonné par l'Humanité, par elle-même et pour elle-même, lui permettant ainsi de surmonter les problèmes majeurs tels que la surpopulation, la famine et les maladies répandues à travers le monde. » Mère a repris espoir lors de ce mois décisif où elle comprit que certains humains savaient où elle en était : au bord de l'asphyxie ! Oui, c'est cela : elle manquait de souffle. Elle était atteinte d'une maladie qu'elle ne savait pas gérer… Tout allait trop vite ! Ses forêts protectrices si précieuses étaient saccagées et détruites à coups de bulldozers. L'espace ainsi libéré permettait de créer de nouvelles terres agricoles, faisant suite à la demande imposée par l'explosion de la démographie mondiale. Une grande partie de ces récoltes alimentait les animaux parqués dans des élevages intensifs, qui, en plus d'être cruels dans leur fonctionnement, polluaient énormément. Ce déséquilibre trop brutal et rapide a créé de plus des incendies difficilement gérables. L'Amazonie et l'Australie, mais aussi bien d'autres forêts dans le monde en ont subi le lourd tribut… L'Esprit de Mère Nature allait vite, très vite ! Il ne parvenait plus à s'arrêter. Elle n'arrivait plus à gérer les catastrophes en chaîne qui se produisaient… La gestion de ses ressources était extrêmement inégalitaire, injuste et surtout déloyale ! Elle souhaitait aussi que les humains, en plus de gérer les injustices entre eux, s'intéressent au sort réservé aux animaux, ses enfants aussi qu'elle chérissait et tentait de protéger. Les animaux sauvages disparaissaient dramatiquement, à un rythme qu'elle n'avait jamais observé… Elle guidait les scientifiques pour qu'ils constatent l'état de ses sols, pour beaucoup empoisonnés et déjà morts, provoquant un déclin inconsidéré du nombre d'insectes, pourtant fondateurs de tout ce qui vit.

Son visage s'assombrit. Elle reprit :

— Toute la chaîne alimentaire, dont les insectes sont les premiers maillons, en pâtit… Les oiseaux, les mammifères suivirent cette irrémédiable chute… Tout cela n'est pas joyeux, évidemment, mais ce qui l'étonnait encore davantage, c'était que le niveau d'intelligence croissait depuis des millénaires, ce qui avait d'ailleurs permis des prouesses remarquables, mais en parallèle de cet immense avancement, le niveau vibratoire d'amour universel restait anormalement bas, pour ne pas dire quasiment inexistant ! En résumé, elle hébergeait des gens intelligents, mais encore primitifs dans leurs pulsions, et extrêmement violents. Des êtres pour qui la vision du futur ne se résumait parfois qu'au lendemain, à l'heure suivante, et le plus souvent à leur satisfaction de consommer encore et toujours plus, pour alimenter des comptes en banque de plus en plus inégaux entre les habitants. Des êtres qui, pour certains, ne pensaient pas à leurs descendants, mais uniquement à eux-mêmes, dans un besoin irrépressible de tout posséder tout de suite, quitte à sacrifier l'avenir de leurs propres enfants…

Aucun d'entre nous n'osa couper son récit. Nous étions suspendus à ses lèvres.

— Hélas, passons maintenant à la mauvaise nouvelle : rien n'a été fait pour freiner ou arrêter cette descente vers le gouffre ! Du moins, rien à grande échelle. La preuve en image.

Comme en réponse à cette sentence, l'écran nous montra une photo percutante. Un avant/après pour le moins explicite. La photo « avant » était une petite île sauvage, protégée, habitée par des oiseaux qui nichaient. Un vrai paradis sur Terre. La photo « après » représentait le même endroit quarante ans plus tard. Le paysage était bien différent. Une montagne de déchets en plastique flottait au gré des vagues, sur une eau trouble, autrefois pourtant limpide. Sur la deuxième photo, nous pouvions voir en arrière-plan un bateau de croisière. Les employés vidaient les poubelles dans la mer. Les habitants maritimes furent les premières victimes de cet acte inconscient. Une énorme tortue de mer multicentenaire se retrouva asphyxiée par un simple sac en plastique cerclant sa tête et dont elle n'était pas parvenue à se débarrasser malgré ses efforts insensés. De toute sa longue vie, elle n'avait pas appris à se défendre contre une attaque de ce type… Je vais vous demander le silence, dit Clara devant nos têtes épouvantées devant la deuxième image. Mère a décidé d'aller vite, pendant cette très courte période de sa vie, allant de 1990 à 2030 : une période où elle a été malade… Gardez vos impressions pour vous : elle s'adressera à nous par la suite.

Une série d'images défilèrent devant nos yeux. Une forêt autrefois dense et riche en biodiversité en grande partie détruite pour des besoins humains, comme la production énorme d'huile de palme. Une plate-forme pétrolière épuisant lentement mais inexorablement et de plus en plus profond les réserves de pétrole, dont le niveau baissait sensiblement. Des images d'animaux parqués, terrorisés, attendant leur mort comme une délivrance après une vie de souffrance, dans une promiscuité insupportable, traités par antibiotiques pour survivre dans des conditions dignes d'un film d'horreur. Une pêche intensive piégeant dans ses filets, outre des poissons, dauphins, tortues, requins et autres créatures marines finissant le plus souvent prisonniers. Des océans vidés de leurs habitants jusqu'à un niveau critique où leur survie devint quasiment impossible.

Clara prit la parole, brièvement :

— Mais comme cela se passait sous l'eau, les humains en furent moins affectés moralement. Et pourtant… Les mammifères marins mouraient de faim, dans des mers et océans qui se transformaient en cimetière d'un monde perdu et oublié… Un monde où régnaient autrefois un équilibre savamment dosé et une abondance…

Je pensai alors à nos amis les dauphins qui nous avaient tant aidé. Il s'agissait là de la période lointaine relatée par Maya, attirant des guerres de gangs dans les océans et des massacres supplémentaires entre les survivants…

— Mais continuons, ce n'est pas tout à fait fini, dit Clara.

Le défilement des images reprit. Nous pouvions voir des tonnes et des tonnes de déchets provenant des activités humaines pourrir à ciel ouvert. Des enfants en haillons travaillant dans des mines ou dans des industries textiles, pendant que d'autres, parfois désabusés, profitaient d'une instruction à l'école et bénéficiaient d'un précieux temps libre, passé pour beaucoup devant leurs écrans, déconnectés de tout contact avec la nature. Un continent entier, de la taille de l'Océanie, recouvert de plastique…

Les larmes coulèrent sur mes joues. Ces images étaient insoutenables. Je me sentis défaillir.

— Cécile, je sais que c'est dur pour toi de voir ces images, car tu es spectatrice de cela dans ton quotidien. Mais il faut aussi passer par là pour que les autres comprennent par où l'humanité a dû passer avant de connaître une vraie révolution… Mère vous montre en vrac des images sombres pour vous apporter ensuite sa lumière !

Les paroles de Clara nous aidèrent à supporter les dernières images, montrant des hommes bedonnants et grisonnants, fumant leur cigare devant des liasses de billets. Leur regard ne m'était pas inconnu… L'appât du gain, la force de posséder encore et encore, en oubliant la valeur de tout…

— Nous sommes maintenant en 2030, soit une époque que Cécile va bientôt découvrir de ses propres yeux dans une dizaine d'années. Une période où Gaïa (je préfère l'appeler ainsi, maintenant) a dû lutter pour sa survie ! Elle portait alors plus de neuf milliards d'êtres humains, qui dévoraient chaque année près de cent milliards d'animaux tant marins que terrestres ! Vous imaginez un peu ? Gaïa respirait mal ! Ses arbres protecteurs étaient décimés, par centaines de milliers. Les réserves de ses richesses naturelles s'amenuisaient à un rythme qu'elle n'avait jamais connu auparavant dans sa longue vie ! Les gaz à effet de serre, comme le dioxyde de carbone et le méthane, avaient atteint un tel niveau qu'elle savait que même avec un changement radical de comportement de la part de tous à un niveau global, les conséquences demeureraient irrémédiables… Elle pleurait sa tristesse, sa colère, envoyait des signes sous forme de tempêtes, d'ouragans, d'inondations, d'orages de plus en plus violents, d'épisodes de canicules faisant de plus en plus de morts, d'incendies… Elle voulait montrer qu'elle était la plus puissante, et que ses enfants adorés devaient nécessairement changer de toute urgence.

Des larmes coulèrent cette fois sans retenue sur mes joues.

— Lorsqu'elle vit ses autres enfants, les animaux et les arbres, mourir dans l'ignorance coupable et complice des humains, elle décida d'agir plus efficacement. Elle a d'abord tenté de faire monter le taux vibratoire d'amour au niveau mondial. Malheureusement, cet élan a provoqué l'effet inverse... L'humanité, mise à nu devant ses propres contradictions, se trouva déstabilisée... Une vague d'angoisses et de dépressions frappa une partie de la population mondiale. Désormais, elle n'était plus la seule à souffrir ! La première levée du voile du déni généralisé qu'elle imposa fit réaliser à beaucoup de gens qu'ils souffraient eux-mêmes des répercussions de leurs actions, et plus globalement aussi de ceux qui prenaient les décisions pour le monde. Ils étaient au milieu du chaos qu'ils avaient eux-mêmes généré...

Clara reprit son souffle :

— Heureusement, cette période sombre n'a pas duré longtemps. Passons maintenant au positif ! Après cette période de grand trouble, il se produisit une avancée phénoménale : la technologie de plus en plus perfectionnée et présente lui permit de faire passer des messages, enfin retranscrits physiquement. Mère a finalement saisi ce biais. Elle reprit espoir, tout en étant elle-même encore bien malade et fiévreuse. En effet, elle ressentait physiquement la douleur de sa peau privée de vie, se crevassant au soleil. Mais après des siècles de rejet, elle était de nouveau écoutée. Traduite, considérée, regardée, et même... aimée ! Elle insuffla des solutions concrètes aux scientifiques, qui furent enfin soutenus. Un exemple frappant fut l'arrêt de production de plastique. Ils ont trouvé des alternatives naturelles. Notre Terre porte encore des cicatrices de cette ère sur son sol, mais globalement, elle respire enfin de nouveau. Les poissons purent de nouveau se reproduire et repeuplèrent les eaux marines et douces, suite à des arrêtés très fermes sur les autorisations de pêche. Les océans furent nettoyés, ils finirent même par être intégralement débarrassés de toute pollution. Une autre réalisation curative fut la plantation de milliards d'arbres partout dans le monde, de l'Afrique à l'Europe, en passant par l'Asie, et même et surtout en Amérique du Sud et du Nord. Ces plantations avaient d'ailleurs été impulsées dès le début des années 2020, en réaction au massacre écologique qui privait des territoires entiers de vie. Il a fallu des décennies pour que les améliorations suppléent les destructions, mais à partir de là, il n'y eut plus jamais de recul. La Terre reprit des couleurs ! Son bonheur retrouvé fut ressenti par l'humanité tout entière.

Alan eut envie de parler, mais il retint ses mots. Il ne fallait pas interrompre Clara.

— Certains, très actifs leur vie durant pour profiter de leurs terres, en s'opposant agressivement à tous ses défenseurs, passaient désormais une retraite tranquille à contempler ce retour à la vie. Ces nouvelles forêts n'appartenaient désormais qu'à la planète elle-même. Mère était bien plus belle à voir ainsi rajeunie.

Un magnifique sourire vint illuminer le visage de Clara à ce souvenir. Elle était transportée et nous parut sublime, auréolée de cette énergie de vie.

— Mère va nous montrer maintenant des images qui partent plus loin dans le temps. Nous nous rapprocherons progressivement d'aujourd'hui, soit le 15 août 2320.

Enfin j'allais pouvoir voir le futur !

— La prochaine scène se passe en 2080 dans le Centre de la France, près de Bourges.

Non, ce n'était pas possible qu'elle soit revenue au Mont-Colibri !

— Eh si, les filles ! Mère a capté votre connexion et elle vous fait un petit clin d'œil. Laissons les autres découvrir ce village particulier et son cheminement à travers les décennies.

Les images et scènes qu'Adèle avait véhiculées dans mon rêve se retrouvèrent sur l'écran. Elles passèrent très vite, mais l'essentiel fut visible. J'étais très heureuse de revenir là-bas et de partager cela avec les autres. Ils nous virent en effet flotter au-dessus des paysages et situations. La dernière scène les ramena en 2175, devant notre thé, avant de nous dire au revoir.

— Adèle, ta famille est absolument extraordinaire ! conclut Clara. Toi et ta lignée, vous êtes les enfants de la Terre, assurément ! Même si beaucoup d'humains ont suivi cet élan vers elle, vous vous êtes montrés encore plus réceptifs que d'autres et même avant-gardistes, en prenant des risques et même en vous marginalisant. Adèle, Mère te demande de continuer à véhiculer les messages de ta famille aux gens du passé. C'est très important pour elle ! Elle t'a choisie pour communiquer dans les rêves des gens et elle a besoin de passeurs comme toi. C'est la raison pour laquelle elle t'a conviée ce soir.

— Cela me touche beaucoup ! Je m'efforcerai d'accéder aux demandes de notre Déesse Mère avec tout mon amour, répondit Adèle en se prosternant.

— Cécile, elle demande à tes contemporains de ne pas perdre espoir et de comprendre que malgré tout ce que vous lui faites subir, elle vous aime ! Elle vous apportera des solutions, et il faut que vous restiez ouverts à ses messages. Ne cédez pas au désespoir et à l'anxiété. Écoutez-la, considérez-la, contemplez-la, honorez-la, aimez-la, et elle saura vous récompenser. Tout élan vers elle sera une source de grand bonheur, tant pour elle que pour vous. Elle vous insufflera son Amour universel qui vous soudera et ne laissera personne de côté. Revenez vers elle, elle attend ce moment depuis si longtemps… Cette phase de chaos ne durera pas, la Vie va reprendre ses droits. Avec vous tous !

— Je tâcherai d'apporter à mes contemporains ce message d'espoir et d'amour dans le chaos ambiant. Notre monde ne va pas bien, c'est indéniable… Beaucoup d'angoisses dominent les pensées… Beaucoup de peurs, de limites, aussi… J'espère être digne de sa confiance.

— Ce n'est pas par hasard si tu es ici. Elle sait que tu peux le faire. Plusieurs fois par mois, elle envoie des messages à de nombreuses personnes à travers le monde. Apportez donc sa lumière ! Simon, tu as pu remarquer que la scène s'était arrêtée l'année de ta naissance, en 2175. Te voilà en 2179 !

Une photo de Simon alors qu'il était enfant apparut. On aurait dit un petit ange. Ce regard doux, cette sensibilité que nous pouvions ressentir dans ce visage poupin, cette curiosité dans son regard qui traduisait un besoin irrépressible de comprendre le monde le rendaient au premier regard très attachant.

— Simon, regarde mieux où tu es !

L'image se mit à s'animer. Nous pouvions voir la scène comme elle s'était déroulée au moment où la photo avait été prise. Simon avait 4 ans environ et il était assis sur les genoux de sa mère. Elle aussi était très belle ! Tous deux se trouvaient sur une grande balançoire en bois, installée par son père quelques années plus tôt. Simon riait aux éclats. Son regard fut soudainement attiré par un écureuil qui les regardait.

— Je me souviens de cet écureuil ! Il venait souvent me voir quand je sortais dans le jardin ! Je lui donnais des graines et il les mangeait ! Il les cachait même souvent, puis les oubliait. Je crois que nombre d'arbustes sont nés de ses étourderies. Mes parents n'ont jamais pu le voir, alors ils me disaient parfois gentiment que je devais rêver… C'est vrai que les écureuils ne sont pas nombreux dans le nord de la France. Pourtant, j'en vois souvent lors de mes promenades !

— Vois-tu, Simon, Mère se présente parfois à nous sous forme d'animaux. Parfois même sous la forme d'un arbre auquel nous sommes particulièrement attachés, d'une plante que nous chérissons, d'un nuage qui attire l'attention et l'imagination. Elle communique ainsi avec nous. Elle t'observe depuis ta naissance et elle a senti en toi une telle bonté qu'elle a décidé de te convier ce soir. Pas pour que tu passes un message particulier, car les jeunes, et les moins jeunes d'ailleurs, de ton pays sont globalement engagés et proches d'elle. Mais elle veut juste t'encourager à œuvrer pour son bien. Parfois, elle convie les gens juste pour leur prouver son amour. Sens-le dans ton corps !

Simon ferma les yeux.

— Je ressens une sensation de douceur et de chaleur. Je crois que je vis un moment de grâce. Entre les nouveaux amis rencontrés aujourd'hui, venant du passé ou du futur, et le témoignage d'amour de notre Déesse Mère, je me sens très chanceux, ce soir !

Alioune semblait complètement retourné d'avoir vu des scènes en Afrique de l'Ouest lors du convoi humanitaire d'Iris et ses collègues à la fin du XXI$^e$ siècle. Il restait sous le charme des paysages si purs et des ambiances si solidaires malgré ce manque d'eau rendant si difficile la vie des habitants.

— Je vois maintenant d'où viennent tes racines africaines, Adèle ! Je donnerais cher pour voir de si beaux paysages dans mon pays actuellement ! dit-il. Si vous saviez dans quel état nous nous trouvons à l'aube du XXIV$^e$ siècle...

— Je le sais, moi... Elle paie encore les répercussions du siècle noir, et les nouveaux dirigeants semblent prendre un mauvais penchant... répondit Clara.

— Oui, c'est certain... répondit-il.

— Alioune, certains personnages politiques ne lâchent pas facilement l'affaire, tu sais... Nostalgiques de certains récits du début du millénaire, ils mettent tout en œuvre pour acheter le train de vie des Occidentaux de cette période pourtant reculée. Mais toi, tu es conscient de tout cela et tu dénonces. Dernièrement, tu perdais espoir devant les attaques de ton gouvernement et les menaces sans cesse renouvelées à ton égard. C'est pour cela que tu es convoqué ici… Tu dois impérativement raconter ce que tu as vu ce soir du passé de notre Terre. Alors que les générations précédentes à la tienne cherchaient à réparer leurs erreurs en replantant des arbres et en mettant au point des techniques de développement durable, votre génération peut tout détruire à nouveau en un temps record… Il y a urgence à agir ! Mère compte sur toi pour ne jamais baisser les bras et amener tes contemporains à ouvrir les yeux ! C'est vital pour vous, et pour elle ! En échange, elle t'offre sa protection.

Alioune était profondément ému. Il porta ses mains à sa poitrine et déclara :

— Je ne lâcherai rien, c'est promis ! Ce soir, je viens de reprendre espoir. Je fais le serment de ne jamais abandonner ce combat : je continuerai à dénoncer ce qui doit l'être et qui nuit à la Vie de la Terre tant que je vivrai.

— Elle n'en doute pas une seconde ! Les visions de Mère ne suivent pas l'ordre chronologique. Elles arrivent un peu pêle-mêle. Comme elle voulait s'adresser à chacun de vous, elle rebondit aussi à vos remarques et questions. Elle est un peu à votre image finalement, dit-elle en riant. Tu devais venir plus tard, mais elle a voulu répondre à tes questions.

— Pour ne pas oublier Alan, partons maintenant en Irlande en 2175, qui correspond au présent d'Adèle. Un petit siècle après ta naissance, Alan, à la fin du XXII$^e$ siècle… Nous nous trouvons à Galway, endroit où tu es né presque cent ans plus tôt… Enfin, à ce qui était la ville de Galway…

— Ce qui était ? s'inquiéta-t-il.

En guise de réponse, l'écran s'alluma de nouveau pour nous montrer… l'océan Atlantique !

— Adèle, tu ne m'avais pas dit que l'océan avait tant monté et qu'il avait inondé certaines grandes villes ! lui dis-je.

— Je ne pouvais pas tout te dire dans notre rêve… Mais oui, hélas, certaines métropoles et villes côtières se sont retrouvées englouties sous les eaux, imposant d'importantes migrations… Les habitants de Galway durent trouver refuge dans les terres, où des conflits éclatèrent… D'autant que Dublin, de l'autre côté de l'Irlande, avait été de son côté avalée par la mer d'Irlande…

Clara enchaîna :

— Alan, ton pays a connu d'importants dégâts, mais il a su se relever ! Des liens plus forts se sont créés entre les gens durement éprouvés. Les migrants climatiques furent accueillis par des familles avant de pouvoir reconstruire des maisons et un avenir… C'est une époque où Mère avait encore de la fièvre et n'a pas pu tout contrôler… Ses mers et océans se sont mis à déborder sur les côtes pendant que d'autres endroits plus reculés ou exposés aux rayons du soleil se sont asséchés, comme le bassin méditerranéen ou, plus important encore, une grande partie de l'hémisphère sud…

Alan avait le visage complètement anéanti. Il ne pouvait imaginer un tel sort pour les citoyens de son pays. Il prit la parole :

— Serait-il possible d'empêcher ce drame ? Mes contemporains pourraient-ils limiter cette invasion avant qu'elle ne devienne inéluctable ?

— C'est une très bonne question ! Alors, la réponse aurait pu être « oui ». Mais pour cela, il aurait fallu que tout le monde vive comme ta famille ! Et cela fut bien loin d'être le cas ! Certaines personnes, même avec la tête dans le mur et se trouvant devant les retentissements directs de leurs actions, continuèrent à agir comme le faisaient leurs prédécesseurs, c'est-à-dire en entrant volontairement dans le déni, dans un monde d'illusion, alors que la situation imposait au contraire un changement urgent… Leur cerveau les protégeait de l'horreur ambiante en les persuadant que tout allait bien et que les pessimistes et scientifiques devaient se taire. Qu'un retour en arrière pour percevoir le monde avec plus de recul serait une régression… Alan, Mère te demande de continuer à montrer l'exemple en vivant comme tu le fais ! Elle te demande de montrer à tes voisins qu'une vie emplie d'amour, de partage et de conscience est possible. Peut-être pourrais-tu créer des chants qui parlent de la nature et de ce que tu as vu ce soir ?

— Je tâcherai d'être digne de ses messages, répondit-il, encore secoué par la vision de l'eau recouvrant sa ville. Je pense composer des musiques et des chants qui parlent de la Terre et de ses habitants. J'ai eu ce soir, lors de cette séance, une matière inépuisable d'inspiration, qui ne sera pas difficile à mettre à profit…

— Ceci dit, l'Europe a été plutôt bonne élève dans les actions de sauvegarde de la nature. Mais sa superficie sur le sol de la Terre est si faible… Passons maintenant aux États-Unis, dans le pays de Nirvelli.

Ce fut au tour de Nirvelli de se sentir mal…

— Nirvelli, comme je le disais à Cécile tout à l'heure, ce n'est pas le moment de faiblir ! Mère a des messages à te transmettre aussi, à toi et à ton peuple. Alors, reste avec nous, s'il te plaît…

Aussitôt, l'écran s'alluma pour nous montrer une série de catastrophes naturelles : tornades, tremblements de terre, orages violents, inondations, maisons, bâtiments, champs, récoltes, monuments historiques détruits. Des gens épouvantés, terrorisés, apeurés, priant un Dieu qu'ils croyaient protecteur, sans mesurer que c'étaient leurs ancêtres et eux-mêmes qui avaient été la source de ce dérèglement climatique.

— Mère n'a plus su gérer son équilibre et tout est parti vite, sans qu'elle parvienne à contrôler ce qu'il se passait ! Elle ne souhaitait pas ce chaos, mais les accords politiques passés finirent par ruiner les ressources et l'équilibre de sa vie. Alors, elle s'est défendue… pour guérir !

Nous étions muets de stupéfaction.

— Mais il y a du positif dans tout cela. Deux catégories de personnes se sont distinguées. Une catégorie pensait que Dieu leur infligeait un châtiment et qu'ils devaient accepter d'en être victimes en le suppliant de les pardonner. Une autre catégorie était composée de gens qui se sont enfin responsabilisés dans ce tracas et cette défense de la nature, rejoignant ceux qui luttaient désespérément seuls depuis des années. Ils ont cherché à vivre autrement en militant en tant qu'écologistes convaincus. Des actions politiques menèrent à des condamnations fermes des pires pollueurs. Ils avaient été trop loin dans la destruction égoïste… Tous se sont rapprochés de la nature et ont cherché à cohabiter, exactement comme le faisaient les Amérindiens avant l'arrivée des Blancs, « les longs nez », comme ils les appelaient. Même actuellement, en 2320, la Terre souffre encore des effets néfastes du « siècle maudit », elle s'est réparée très laborieusement, comme peut l'attester ton histoire, Nirvelli. Les zones marines autrefois dépourvues de vie et donc vite envahies d'algues sont désormais à nouveau peuplées d'animaux, et l'invasion de l'océan acide n'est plus qu'un mauvais souvenir.

Nirvelli regardait les images avec plus de fascination que de colère. Elle connaissait le passé tragique de son pays.

— Nirvelli, ton peuple et les gens qui te ressemblent font incontestablement partie de la deuxième catégorie de personnes ! Celle qui a mûri, grandi et développé une conscience beaucoup plus élargie des conséquences de ses actes. En Amérique encore cohabitent ces deux catégories, avec une grande majorité maintenant de gens voulant réparer le passé. Votre pays ne ressemble absolument plus à celui du début du XXIe siècle. Mais il entre en période de reconstruction et va reprendre le cours de sa vie. L'Homme est capable de détruire son environnement très très vite, **c'est indéniable**. Mais il est aussi capable de reconstruire, beaucoup plus lentement, mais efficacement sur la durée. La Terre a des capacités insoupçonnées de guérison.

Clara regarda Nirvelli dans les yeux et déclara :

— Mère te demande de continuer à être une de ses porte-paroles. Sois la fille de Gaïa, celle qui apporte l'espoir et l'amour de notre Mère universelle ! Sois celle qui écrit et qui est une passeuse de savoirs. Ton peuple avait raison quand il disait que tu étais l'enfant de l'eau. Tu es une fille de la Nature, une fille de Gaïa !

En guise de réponse, des larmes coulèrent sur ses joues.

— Sachez, Mère, que je vous aime également de tout mon être, et que je ferai tout ce qui est en mon pouvoir pour guider mon pays vers plus d'amour, de partage et d'harmonie.

En guise de réponse, Nirvelli reçut un petit souffle dans ses cheveux. Le souffle de l'Esprit de Mère…

— Elle te fait pleinement confiance, lui répondit Clara. Maintenant, passons à notre dernier ami, Bào !

Bào appréhendait ce qu'il allait voir… Depuis l'image de cet homme en Inde au début de XXI$^e$ siècle, il était resté muet… Comme si quelque chose s'était brisé en lui…

— Bào, ne sois pas si triste… Tu ne peux pas porter toutes les horreurs du monde sur tes épaules ! Cette séance n'est pas de tout repos, c'est évident ! Elle secoue, elle remue, elle nous fait ressentir des émotions fortes, mais il ne faut pas céder au désespoir… Sèche tes larmes et reviens avec nous, dans cette bulle d'amour. Nous allons passer à ton continent. Je vais en parler d'abord, car nous manquons un peu de temps. Je ne fais que répéter ce qu'elle me dicte. J'espère que je ne parlerai pas trop vite, comme tout à l'heure ! Si c'était le cas, manifestez-vous par une petite toux.

Bào était particulièrement attentif.

— Comme vous le savez peut-être, le XXI$^e$ siècle a été marqué par une démographie galopante. Le nombre d'êtres humains, malgré des mesures politiques prises pour diminuer, ne cessait de grimper encore et encore… Jusqu'à un point de non-retour où l'équilibre de la Vie fut menacé sur toute la surface de la Terre. Mère a alors eu une idée : reprendre le contrôle des naissances elle-même !

— Mais comment a-t-elle agi ? demanda Bào.

— Tu connais la réponse, puisque tu l'as donnée quand tu t'es présenté ce matin en sortant de la fusée. Elle a diminué la fertilité des êtres humains ! Beaucoup d'entre eux devinrent stériles…

— C'est dur ! intervins-je.

— C'est dur, mais elle n'avait pas été entendue avant ! Partout où elle avait été souillée, où ses sols mouraient de manière trop invasive, elle s'est servie de ces poisons créés par l'Homme pour affecter son système reproducteur… Plus les gens polluaient et moins ils pouvaient avoir d'enfants. Dans ton continent, Bào, Mère s'est montrée particulièrement dure, et l'est encore. Il est en effet rare qu'un couple arrive à avoir un enfant, et c'est presque un petit miracle s'ils parviennent à en avoir deux. Ainsi, chaque être venant au monde devait, selon elle, être aimé, quel qu'il soit. Ils le firent… Un peu trop même, parfois, en les surprotégeant ! Mais comment gérer la psychologie humaine ? Actuellement, elle baisse un peu la garde, et c'est une bonne nouvelle. Une nouvelle ère vous attend ! Ton peuple a compris les erreurs de son passé et il a décidé de réparer. Il replante, il arrête de piller, d'empoisonner. Même si les gouverneurs freinent encore toutes les avancées, par avidité, une résistance est en cours et bien active ! Mère te demande de ne pas perdre ta force et de convaincre les dirigeants. Elle t'apportera sur ton chemin les bonnes personnes pour cela. Reste attentif à l'avenir.

— Je fais la promesse de me montrer réceptif à tout appel venant d'elle. À l'avenir, je m'engage à aider mes voisins et les habitants de mon pays à agir pour le bien de la planète, en agissant avec eux dans des valeurs de reconstruction et de pardon. Merci pour ce message qui me redonne enfin envie de vivre pleinement !

— Il n'y a pas de quoi, Bào ! Nous sommes là pour cela aussi. Maintenant, si vous ne voyez pas d'inconvénient, nous allons passer au troisième et dernier point que la Déesse voulait aborder avec vous. Avez-vous une idée de ce que cela pourrait être ? demanda-t-elle avec malice.

Alan, d'un coup plus joyeux, leva la main. Ce tic avait le don de nous faire rire à chaque fois :

— Je ne veux pas m'avancer, mais est-ce que le point serait en lien avec nos déguisements de tout à l'heure ?

— Bien trouvé, Alan ! Mère ne pouvait pas vous laisser dans l'ignorance. Vous allez enfin découvrir pourquoi elle a choisi ces vêtements dans votre loge. Mais mangez un peu avant ! Il faut amener un peu de légèreté après ces images parfois si difficiles. Le thé est encore chaud, n'hésitez pas à vous resservir. La troisième partie sera beaucoup plus joyeuse et insouciante que les deux premières. Nous pouvons enfin nous détendre.

Nous ne nous fîmes pas prier pour nous resservir, nous sentant étonnamment légers. Les framboises s'avérèrent succulentes. Je les savourai l'une après l'autre avec délectation.

# 9

# Séance de vérité, troisième et dernière partie : soir du 15 août 2320

— Vous souvenez-vous du costume qui vous avait été destiné dans vos loges ? demanda Clara.

— Bien sûr ! Je ne pourrai jamais oublier le contact de cette peau morte sur la mienne ! s'écria Nirvelli, reprenant immédiatement la moue écœurée qu'elle arborait lors de son entrée dans la Salle de Réception.

— Tiens, nous allons commencer par toi, justement ! dit Clara en la regardant. Tu as été importunée par ce costume, mais je vais te montrer l'homme qui le portait, que tu as pu apercevoir dans le reflet du miroir des âmes, qui se trouve dans chaque loge.

Aussitôt, l'écran s'alluma et l'homme en question se présenta devant nous, nous souriant joyeusement.

— Le voilà. Ainsi, tout le monde peut le voir ! Il était parti à la chasse avec les hommes de la tribu, mais cet homme avait dissimulé un lourd secret : il détestait tuer, ne serait-ce qu'un animal. Il préférait bénéficier des autres providences de la nature, comme cueillir les baies sauvages ou mettre des figues à sécher. Son comportement s'en ressentait, ce qui n'était pas apprécié par les chasseurs de sa tribu, qui ne le jugeaient pas assez viril. Cette fameuse notion de virilité, utilisée par les hommes pour justifier une prétendue supériorité… Cet homme ne partageait pas ces idées qu'il trouvait profondément injustes. Les autres ne le désignaient plus que par le surnom dénonçant sa personnalité. Son prénom d'usage était donc désormais : « Celui qui aime les fruits. » Regarde-le, Nirvelli ! Lui aussi détestait le contact de la peau des animaux sur son corps et rêvait de pouvoir vivre avec le strict minimum comme habits. Tu le vois bien ? Comme il est beau ?

— Oui, Clara, je le vois ! Son regard est doux et profondément gentil, sûrement le plus tendre de son groupe de chasseurs.

— Je vais te dire qui est cet homme… Il est ton ancêtre lointain ! Il vécut une très belle idylle avec une femme réputée trop sauvage, en clair indomptable. Ils restèrent unis jusqu'à leur dernier souffle, tout en ayant réussi à préserver leur indépendance. Le couple partait parfois quelques jours pour se ressourcer loin des leurs. Ils ont eu six enfants. Nirvelli, tu es issue de sa lignée ! Veux-tu qu'il te voie, lui aussi ?

— Mais alors, il est un arrière-arrière-arrière… -grand-père ?

— Bien plus loin que cela encore, Nirvelli ! Il est né huit siècles avant toi ! Il vivait, comme toi, en Arizona, mais le paysage était vraiment très différent de celui que tu connais. Regarde-le mieux, maintenant. Je viens de le prévenir : il te voit maintenant et te sourit. C'est de lui que tu tiens cette curiosité et cette envie de ne pas toujours suivre la pensée dominante. Tu as hérité de lui la merveilleuse capacité à t'adapter au monde qui t'entoure, tout en gardant ta personnalité un peu sauvage. Nirvelli, tu es une fille des bois, une fille de la Nature, tout comme lui. Il est très heureux de constater que ses valeurs ont traversé les siècles.

Des larmes coulèrent sur les joues de Nirvelli, mais elles ne dissimulèrent pas la magnifique lumière reflétée par ses yeux en admirant son lointain ancêtre. Elle voulut se prosterner devant l'homme derrière l'écran, mais celui-ci l'en empêcha :

— Non, ma fille ! Ne te prosterne jamais devant un homme ! Pas même devant moi ! Un être humain se regarde dans les yeux et non au-dessus de ses pieds ! Garde ton indépendance, continue d'illuminer la tribu par tes connaissances et ton intelligence, et surtout, cultive ce qui me rend si fier : ta sagesse ! Je suis très heureux d'avoir dans ma lignée une fille si belle et si autonome. Ceci est notre secret : n'oublie jamais ta nature profonde. Embrasse fort ton fils de ma part. Il est le prolongement de notre lignée. Je ne peux te prendre dans mes bras, mais je te porte désormais dans mon cœur.

Nous étions tous émus pour notre amie. Quelle chance avait-elle de parler ainsi à son ancêtre… Nous gardions le silence, pour lui laisser le calme nécessaire à son introspection.

— Nirvelli, maintenant, tu sais d'où tu viens. C'était la dernière étape de cette expérience peu ordinaire. Ne jamais oublier ses racines ! dit Clara. Passons maintenant aux autres ! Adèle, te souviens-tu de ton costume ?

— Bien sûr, Clara ! J'ai vu dans le reflet du miroir des âmes le portrait de Madeleine Béjart, ou peut-être celui de sa fille naturelle, Armande, celle qui a épousé Molière. C'est d'ailleurs assez curieux pour moi, car l'année dernière, nous avons interprété avec ma troupe de théâtre *Le dépit amoureux*. Même si je ne suis plus très jeune, je jouais le rôle de la servante de Lucile, le personnage principal, Marinette. Je ne saurais dire pourquoi cette pièce m'a tant inspirée ! J'en rêvais la nuit, et j'ai été un peu triste lors de notre dernière représentation, car je savais que je ne pourrais plus entrer dans ce personnage…

— C'est très bien ce que tu dis, Adèle. Et j'ai une bonne nouvelle pour toi, répondit Clara. Si tu as tant été inspirée par ce personnage, c'est que la première femme qui l'a interprété n'est autre que ta propre ancêtre !

Ayant un peu de mal à réaliser ce qu'elle venait d'apprendre, Adèle manqua de s'évanouir. Devant son trouble, Clara s'approcha d'elle :

— Ta réaction est naturelle. Veux-tu la revoir ?

— Oui ! répondit Adèle en tremblant.

L'écran s'alluma pour nous montrer Madeleine Béjart en personne ! Elle ne semblait pas comprendre pourquoi elle se trouvait dans cette grotte éloignée, découvrant des gens si différents de ceux qu'elle avait l'habitude de côtoyer. Elle prit la parole :

— Quelle est donc cette vision ? Aurais-je abusé de la boisson, hier soir ? Où suis-je ? demanda-t-elle. Qui êtes-vous, Madame, intégralement vêtue de blanc ? Seriez-vous… un ange ?

— En quelque sorte, oui, répondit cette dernière. Je vous ai conviée pour vous présenter votre descendante lointaine, comédienne elle aussi, née plusieurs siècles après vous.

— Où est-elle ? demanda Madeleine, dont la voix traduisait un profond émoi.

— Je suis là, répondit Adèle, se mettant au plus près de l'écran.

— Mon Dieu, que vous êtes belle ! s'exclama-t-elle.

— Vous savez, Madeleine, c'est votre esprit qui a conduit Adèle vers l'amour des mots, des rôles, de la transmission des émotions par des jeux d'acteur. Vous vivez encore en elle ! dit Clara.

Adèle ne put réprimer ses larmes. Madeleine l'invita d'un geste près d'elle devant l'écran.

— Ne pleure pas ainsi, ma petite-fille ! Sois fière de porter cette passion dans ton âme ! Je suis très heureuse d'avoir dans ma descendance une femme aussi talentueuse et belle que toi. Ma vie terrestre prend fin, mais j'ai désormais l'espérance que mon âme et celle de ma lignée perdureront à travers les siècles ! Je n'ai jamais eu l'occasion de mon vivant de vivre une relation sereine avec ma fille Armande, officiellement ma jeune sœur, mais je n'ai jamais manqué d'amour pour elle, et plus tard, pour mes petits-enfants. Je suis aujourd'hui une femme comblée. Viens par-là que je t'admire ! Clara m'a montré ton interprétation dans une scène de la pièce *Le Dépit amoureux*. Savais-tu que j'avais écrit moi-même le rôle de Marinette ? Alors voir ma descendante l'interpréter est très fort pour moi.

— Je suis pour ma part fière d'être l'une des vôtres. Je vous admire tant pour avoir eu le courage de vivre une telle passion à une époque où c'était si mal perçu, et même méprisé. Nous avons gardé les valeurs véhiculées dans votre œuvre au fil des siècles. Madeleine, soyez fière de vous ! Je vous aime tendrement.

Là aussi, nous étions restés silencieux lors de leurs échanges, pour permettre à Adèle de parler librement avec Madeleine. Son regard changea. Elle s'adressa à nous :

— J'aurai tant appris, aujourd'hui ! Que je suis heureuse de partager tout cela avec vous ! Je vais continuer le théâtre, et désormais, Madeleine sera là, dans mon cœur, prête à me donner des encouragements et même parfois, je l'espère, des corrections !

— Vous êtes toutes les deux très émouvantes. Nous sommes tous touchés, répondit Alan.

— Tiens, Alan, parlons de toi, maintenant ! dit Clara.

— Je savais que j'aurais dû me taire ! dit-il en souriant.

— Non, au contraire ! Veux-tu savoir pourquoi tu t'es retrouvé en kilt écossais avec une cornemuse ? Nous allons le demander à ton ancêtre qui vivait en Écosse, à Édimbourg précisément, à l'est du pays, dans un port donnant sur la mer du Nord.

— Cela fait assez loin de chez moi, dit Alan, ému. Et que faisait cet homme, mon ancêtre ?

— Comme tu as pu le voir dans le reflet du miroir des âmes et lors de ta présentation à tes amis, ainsi vêtu, ton ancêtre était un musicien, particulièrement talentueux, qui plus est ! Il maîtrisait à merveille la grande cornemuse écossaise. Il a commencé à jouer de cet instrument alors qu'il était très jeune et a toujours été passionné. Sa mère l'entendait souvent répéter des heures durant, cherchant de nouvelles sonorités plus douces. Lui-même s'est mis à élaborer et fabriquer un nouveau type de cornemuses, faisant suite à des apprentissages chez les plus grands maîtres de son temps. Des cornemuses plus sophistiquées, qui s'ouvrirent à la possibilité d'une musique dite « savante ». Il fut connu de tous les châtelains du pays qui lui demandèrent souvent d'accompagner les différentes fêtes privées, mais aussi les marches militaires. Il jouait dans tous les concerts de grande renommée, particulièrement appréciés. Il était très respecté comme étant le souverain de la cornemuse. Il eut de nombreux enfants avec sa femme, mais à son grand désespoir, aucun d'entre eux ne voulut apprendre la technique de ce noble instrument. La vie de ta lignée connut de nombreuses périodes plus ou moins heureuses, et le destin l'a conduite un jour en Irlande du Sud. Veux-tu le voir, Alan ?

— Bien sûr ! répondit-il.

L'écran nous montra un homme grand, roux, avec de nombreuses taches de rousseur et, bizarrement, le même regard de grand enfant que son descendant. Il semblait amusé de se retrouver là, dans cette scène irréaliste !

— Bonjour ! Où suis-je donc ? Madame, êtes-vous une apparition divine ? dit-il en s'adressant à Clara. Grand Dieu, ai-je abusé du whisky hier après le bal pour me retrouver ici dans cette grotte surnaturelle avec une femme si belle qui je ne puis imaginer qu'elle soit réelle ? Oui, c'est cela ! Ce whisky a dû me taper sur le système et je délire complètement !

Nous avions une irrépressible envie de rire, mais nous n'osions pas de peur de perturber ce moment solennel. Ce fut Alan qui craqua le premier et s'approcha de lui :

— Bonjour, Monsieur ! Qui êtes-vous ? demanda l'homme à la cornemuse en regardant Alan.

Ce fut Clara qui répondit :

— John, je vous présente votre descendant lointain dans le futur. Alan est né trois siècles après vous. Vous êtes donc son aïeul, dit Clara avec douceur.

John se frotta la tête, puis un rire particulièrement tonitruant s'échappa de sa gorge. Cette fois, nous ne pûmes réprimer les nôtres. Cet homme possédait une joie de vivre communicative. Alan le regardait avec tendresse.

— Mais quel bel homme que voilà ! Approche-toi de moi, mon grand, que je t'admire ! Es-tu marié ? lui demanda-t-il.

— Oui, John. J'ai deux filles jumelles, adultes maintenant. Je suis même grand-père.

— Mais c'est formidable ! J'ai des jumelles, moi aussi, au milieu de mes huit enfants. Elles sont fusionnelles, toutes les deux ! Es-tu musicien ?

— Oui, depuis toujours ! C'est ma mère qui m'a initié à la harpe. Je joue également de la guitare et je chante, aussi.

— Grand Dieu, un musicien dans ma lignée ! Je suis tellement heureux ! Et les filles ?

— Il y en a une qui est dans mon groupe de musique. Elle est flûtiste !

— Comme j'aimerais vous entendre ! s'écria-t-il d'une voix un peu forte.

Aussitôt sa requête formulée, nous vîmes le groupe d'Alan avec sa fille, interprétant une mélodie traditionnelle celtique.

— C'est merveilleux ! dit John, ému. Me voilà comblé. Hallelujah !

— Je ferai en sorte de me souvenir de votre histoire, dit Alan. Et pourquoi pas m'intéresser moi aussi à la cornemuse ? Il n'est pas trop tard, non ?

— Non, Alan, ce ne sera pas toi, mais ton petit-fils, Luke, répondit Clara. Celui qui va naître d'ici peu.

— Que Dieu vous bénisse tous ! dit John, les larmes aux yeux. Je ne suis pas habitué à pleurer, mais là, c'est trop fort pour mon petit cœur sensible ! Que ce ne soit qu'un délire infligé par un whisky de taverne douteux ou l'invitation miraculeuse d'une magnifique dame, je suis émerveillé de vivre ce saut dans le futur ! Alan, votre vieux grand-père vous aime tendrement ! Merci à la vie de m'avoir offert un si beau cadeau !

— Alan a hérité de votre bonté et de votre talent musical. De votre sens de l'humour, aussi ! renchérit Clara en souriant. Mais il est plus timide.

John s'éclipsa sous nos yeux, comme il était venu. Dans un souffle.

— On peut dire que ce vieux père devait avoir du tempérament ! dit Alan.

— Sûrement, comme tous vos ancêtres, ne l'oubliez jamais, répondit Clara.

— Il était rigolo, ton grand-père lointain, Alan ! dit Bào.

— Tiens, Bào, c'est à ton tour de savoir d'où tu viens. Es-tu prêt ?

— Oui, Clara ! Je suis curieux de voir qui était cette jeune femme qui portait le costume traditionnel vietnamien.

Aussitôt dit, l'écran s'alluma pour nous présenter une femme d'une beauté saisissante. Tous ses traits étaient fins et son sourire étincelait.

— Pour vous présenter la scène : Minh Châu s'est endormie quelques instants avant d'enchaîner sa folle journée de préparatifs pour son mariage qui doit avoir lieu le lendemain. Son prénom signifie « perle lumineuse ». Son père l'avait trouvée si belle lorsqu'elle est née que ce prénom lui vint naturellement pour désigner sa fille. La particularité de Minh était d'aimer le contact avec la nature et d'y trouver des instants de méditation indispensables pour restaurer un équilibre dans son tempérament très énergique. Elle vivait à la même période que Cécile. C'est sa mère, émue, qui a apporté les dernières retouches à sa robe. L'heureux élu n'a pas encore vu sa future femme ainsi vêtue. Elle a tenu à ne lui révéler son habit que le jour des noces.

— Il sera sûrement agréablement surpris. Qu'elle est belle ! dit Bào dans un murmure.

— En effet, elle était aussi belle physiquement que moralement. Une femme très intelligente, indépendante, mais qui savait se montrer tendre envers ceux qu'elle aimait. Dans la scène que nous découvrons ensemble, elle est en dernière année d'études de médecine chinoise traditionnelle.

Minh Châu, qui dormait, ouvrit les yeux. Il était indéniable que Bào lui ressemblait. Leurs regards calmement posés sur la vie étaient les mêmes.

— Bonjour ! Suis-je dans un rêve ? Qui êtes-vous, Madame ? demanda-t-elle en s'adressant à Clara. Vous êtes si belle !

— Je suis une messagère et je voudrais vous présenter votre descendant lointain dans le futur… Presque trois siècles vous séparent. Voulez-vous le voir ?

— Bien sûr oui ! répondit-elle. Mon petit-petit-petit-petit-petit-fils ?

— Oui, c'est cela ! Mais rajoutez encore quelques « petits ». Le voici !

Bào s'approcha de son aïeule.

— Que vous êtes belle et jeune, grand-mère ! Clara m'a dit que vous aimiez la nature ?

— Je l'aime tant, en effet ! Mais elle pleure et exprime son désarroi. Les hommes déforestent comme ils respirent. Ils tuent, massacrent et sont devenus fous et incontrôlables… J'aimerais tant voir mon pays à nouveau peuplé d'arbres de vie, d'animaux, de plantes !

— Si cela peut vous rassurer, je fais partie d'un groupe de préservation de l'environnement. Nous replantons ce que nos ancêtres ont détruit. Je suis en dernière année d'études pour devenir vétérinaire et nous habitons dans un sanctuaire pour animaux menacés. Nous les soignons et leur offrons une retraite paisible après une vie parfois difficile.

— C'est parfait, ça, mon garçon ! dit-elle en le regardant fixement. Mes prières ont donc été entendues et exaucées ! Je vais pouvoir continuer ma vie l'âme en paix. Cela n'a pas de prix. Tu es un très bel homme, Bào, intelligent et empathique. Je suis fière de toi !

Bào voulut s'approcher de l'écran et Minh lui adressa un baiser volant.

— Reçois ainsi tout mon amour, fils ! Je veillerai sur vous, afin de vous aider à reconstruire et à réparer ce que d'autres ont détruit ! Embrasse bien fort ta petite amie de ma part, ainsi que tes parents !

— Je n'y manquerai pas : soyez rassurée sur ce point !

Le regard de Bào changea. Il souriait à nouveau et ses sombres pensées se volatilisèrent instantanément. Nous étions ravis de le voir ainsi.

— Maintenant, c'est au tour d'Alioune de connaître son ancêtre. Veux-tu que je la convie ? demanda Clara.

— Bien sûr, oui ! répondit-il.

— Avant de te montrer l'image, je dois te dire que ton ancêtre, sur la scène qui me vient, est un petit bébé de sept jours. Cette enfant s'appelle Zahra !

— Zahra signifie « brillante » dans mon pays, répondit Alioune.

— Oui, en effet. Veux-tu la voir ?

— Oui, Clara, je suis curieux.

— La voici !

Sur l'écran, un couple sortit de sa case pour présenter leur fille aînée. Sous les exclamations de joie des villageois, nous pouvions admirer cette enfant, qui regardait déjà le monde avec de grands yeux ouverts.

— Ses deux parents désiraient élever leurs enfants dans la culture, l'instruction et la connaissance. Ils voulaient avant tout des enfants qui deviennent des adultes libres et indépendants. Ils vivaient au Rwanda, comme toi, mais au début du XXI$^e$ siècle. Zahra était l'aînée d'une fratrie de trois enfants. Non seulement Zahra fut une fille et femme libre, mais elle voua sa vie à la protection de l'environnement. Son petit frère devint architecte et sa petite sœur mena un combat âpre pour améliorer la condition féminine dans son pays. On peut dire que les espoirs de leurs parents ont tous été satisfaits !

Clara s'arrêta pour boire une gorgée de thé, puis elle reprit :

— Zahra aimait chanter à l'ombre des arbres, se baigner, sentir l'air sur sa peau. Sais-tu qu'elle te connaît déjà ?

— Mais comment cela se fait-il ? demanda-t-il.

— Lorsque tu te fonds dans le paysage pour te désoler de l'état de santé de ton lac bien aimé, elle est là ! Regarde !

Sur l'écran, nous pouvions entrevoir Alioune. Il regardait les arbres près de sa maison. Sur l'un d'entre eux, un visage se devina, mêlé à son écorce.

— Ce visage est celui de l'Esprit de Zahra, ton ancêtre ! Elle te pousse à ne surtout pas lâcher ton combat ! Zahra vit en toi. Elle t'offre ce soir un cadeau : tu pourras la voir si tu le demandes, lorsque tu admireras les arbres. Tiens, elle veut parler… Bonjour, Zahra ! Voulez-vous communiquer avec votre lointain descendant ?

— Oui, je le veux ! répondit-elle.

Elle s'adressa à lui en le regardant fixement. Leurs âmes se rejoignirent dans leurs regards. Cette alchimie était merveilleuse à observer.

— Alioune, je suis témoin de la folie de certains hommes qui n'hésitent pas une seconde à se corrompre et se pervertir devant la perspective d'empocher beaucoup d'argent. Ces êtres, ainsi excessivement riches, deviennent de véritables tyrans et tentent d'éliminer ou de faire éliminer tous ceux et celles qui leur résistent ! Leur souhait est d'abuser de leur pouvoir despotique sur les autres et sur la nature. Mais ce qui me perturbe bien davantage encore, c'est de voir la soumission de la plupart des gens, qui baissent les yeux devant leurs caprices... Beaucoup d'entre eux courbent le dos devant le plus fort, le plus riche, le plus influent, pensant attirer ses grâces. La bonne blague ! Ces êtres-là les méprisent à un point à peine pensable. Ils vivent dans une bulle, entre eux, et ils pensent bénéficier d'un pouvoir surdimensionné qui les placerait au-dessus des lois et des valeurs humaines et éthiques. Certaines personnes obéissent aux despotes en luttant contre leurs convictions. D'autres agissent ainsi par lâcheté. Ces derniers sont très largement majoritaires... Mais toi, Alioune, tu es de ma veine ! Tu es un insoumis et tu n'as pas peur de te battre ! Tu te moques de ton confort personnel, car les valeurs qui te portent te mènent bien plus loin que ton présent : elles te propulsent vers un futur meilleur. Je suis fière de toi !

Aucun mot ne put sortir de la bouche d'Alioune durant quelques secondes. Les mots qui se mirent à se frayer un chemin dans sa gorge tremblèrent encore un peu lorsqu'il parvint à nouveau à s'exprimer :

— Grand-mère, tu te trompes sur un seul point... Sais-tu que les dirigeants me menacent de prison si je continue à contester leurs mensonges ? Sais-tu ce qu'un emprisonnement signifie dans notre pays ? Il y a même un dirigeant particulièrement vindicatif qui est venu en personne me menacer de mort si je continuais à déranger les plans de notre président... Je n'ai personnellement pas peur de la mort, mais j'ai une femme, deux enfants et j'aimerais voir grandir mes petits-enfants, leur apporter ma protection et mon amour...

— Alioune, ils agissent ainsi car ils ont peur ! Comprends-tu cela ? Ils sont eux-mêmes des marionnettes et sont tenus par le portefeuille et la peur. Ils tiennent plus que tout à opacifier les éléments litigieux et dangereux à la population. Aussi, quand il y a un éveil des consciences, ils perdent pied et menacent. Ils ne savent faire que ça… Menacer… Mais tu ne vas tout de même pas te laisser impressionner, non ? cria-t-elle, presque en le défiant. Tu agis pour les générations futures comme je l'ai fait de mon vivant en replantant moi-même, avec l'aide précieuse de mon mari et de mes enfants, mais aussi de personnes qualifiées qui ont choisi les bonnes essences de plants, des milliers et des milliers d'arbres autour du lac Kivu ! Ces arbres dans lesquels je me fonds parfois pour surveiller leur croissance. Mais comme tu le sais, ils sont en danger… Alors, continue ton action en mettant la lumière sur l'utilisation souvent illégale de ces poisons ! Réapprends aux villageois à cultiver des plantes adaptées au climat de notre belle région, encourage-les, plante avec eux. Travaille pour l'accroissement de la Vie et non de la mort. Tu auras alors tout mon soutien ! Tes arrière-petits-enfants te remercieront plus tard, mais aussi et surtout Dame Nature. Quant aux pantins qui vocifèrent et te font peur, ils ne feront rien ! Ne les écoute plus. Fonce mon garçon !

— Grand-mère, je sais maintenant de qui je tiens ma détermination, léguée à ma fille aînée… Mon fils, lui, est plus doux, comme sa mère. Merci de m'avoir rappelé que nous venons de loin et que dans le passé, tout a bien failli basculer aussi. Je tâcherai de m'en souvenir. Merci, grand-mère !

Celle-ci lui fit un signe de baiser volant et disparut. Ses paroles résonnèrent en moi. Elle devait vivre à mon époque. La période folle. Son courage força mon admiration.

— Quelle sagesse animait ton aïeule, Alioune ! Je suis admirative.

— Tiens, Cécile, cela tombe bien que tu t'exprimes, car c'est à toi maintenant de découvrir qui était ce violoniste qui vivait au temps de Louis XIV. Veux-tu le savoir ?

— Oui, Clara ! Je suis curieuse, en effet. Serait-il mon ancêtre ?

— Oui, Cécile ! Je suis sûre que tu ne savais pas que tu avais un ancêtre musicien ?

Je n'étais en effet absolument pas au courant...

— Bien sûr, je m'en doutais ! dit-elle. Tu ne sais sûrement pas d'où te vient cet appel vers la musique, vers le piano, la flûte, l'orchestre, l'ambiance forte vécue lors des concerts ? L'envie de transmettre la musique ? Eh bien, tout cela est un héritage de... lui !

Aussitôt, l'écran s'alluma et devant nous apparut cet homme châtain aux yeux bleus, tenant son violon et son archet, dont j'avais pris l'apparence dans le reflet du miroir des âmes. Il jouait un air de Marc-Antoine Charpentier. Le son de son violon emplit l'espace de la grotte et je m'imprégnai des mélodies. J'aurais pu l'écouter ainsi pendant des heures. Au fur et à mesure que défilaient les notes, les enchaînements, mon cœur se remplissait de gratitude et de bonheur. Il était donc mon lointain ancêtre... Un musicien de cour royale !

— Je sais que tu dois être surprise, mais il le sera sûrement tout autant que toi ! Je vais essayer de lui parler pendant son sommeil...

Clara ferma les yeux pour se concentrer.

— Voilà, j'y suis... Cela n'a pas été facile, car il est un peu récalcitrant. Mais là, il est avec nous. Veux-tu lui parler ?

— S'il veut bien, alors j'aimerais bien, oui.

— Le voici !

Il souriait et semblait désorienté. Il s'assit sur son lit. Contrairement aux ancêtres d'Adèle et Alan, il n'accusa pas l'alcool, mais pensa à un accès de fièvre.

— Mais quelle est donc cette farce ! dit-il. Il me semblait bien que j'étais un peu souffrant, hier soir… Je dormais tranquillement et je me retrouve ici, dans cet endroit étrange, devant des personnes que je ne connais pas, bizarrement vêtues, de surcroît !

— C'est amusant, c'est exactement la même réaction que j'ai eue lorsque Clara s'est adressée à nous tous pour la première fois, nous indiquant que nous nous trouvions dans une fusée qui nous transportait et qui nous mènerait peut-être dans un Nouveau Monde, lui répondis-je.

Celui-ci exprimait une grande curiosité.

— Une fusée ? Transportant des gens ? Je dois vraiment avoir de la fièvre ! dit-il en riant. C'est cette satanée fièvre qui me fait voir des scènes si étranges… Il faut que je sorte de là !

— Non, surtout pas, Antoine ! Restez avec nous, au contraire ! Mère a prévu que Cécile vous offre un cadeau un peu spécial, qui profitera d'ailleurs à nous tous.

— Bien ! Quel est ce genre de « cadeau » ? demanda-t-il, soudain attentif.

— Oui, j'aimerais bien savoir, moi aussi, dis-je mi-amusée, mi-impatiente.

— Patience, Cécile ! Nous devons d'abord faire entrer un autre personnage dans votre histoire !

— Un autre personnage ?

Mais de qui pouvait-elle bien parler ? Mais bien sûr… Tout s'éclaircit instantanément… Il devait s'agir de Simon !

— Simon ? Est-ce pour cela qu'il était habillé en tenue de concert que je porte moi-même ? Mais Simon, tu étais au courant ?

Soulagé, Simon parla enfin.

— Oui, Cécile, j'étais au courant, mais Clara m'a demandé de me taire sur la personne que j'ai vue dans le miroir des âmes. Mais c'est bien toi que j'ai vue, j'en suis persuadé, maintenant ! Clara a ensuite opacifié ce souvenir, que je viens de retrouver… Je n'en croyais pas mes yeux ! J'avais une flûte traversière dans ma main droite, qui est d'ailleurs restée dans la loge. Puis tout s'est effacé et je me suis vu dans le reflet du miroir, habillé en habit noir et blanc de concert, de femme, qui plus est ! J'étais à l'étroit dans ce haut à dentelle et j'ai éclaté de rire… Comme toi que j'entendais rire non loin de moi. Je n'en reviens pas… Cela veut donc dire que tu es mon…

— Ancêtre ! lançai-je.

Mon souffle se coupa et je dus reprendre ma respiration.

— Et lui, Antoine, il est notre ancêtre commun !

Antoine, rouge derrière l'écran, se mit à crier :

— C'est de la pure folie ! J'ai dû mourir subitement dans mon sommeil, et je suis actuellement dans un autre monde mystérieux… Et vous, Clara, êtes-vous un ange ? Et Cécile et Simon seraient-ils mes descendants dans un futur lointain ? cria-t-il en nous regardant tous les deux. Attendez ! Je vais me lever et frapper ma tête contre ce mur pour me réveiller !

Clara le stoppa net.

— Arrêtez vos grimaces et vos délires, Antoine ! Vous comprenez très bien ce qu'il se passe et vous n'osez pas avouer ce qui anime votre cœur là tout de suite… Et pourtant, s'il y a bien un endroit où vous pouvez le faire, c'est bien ici !

Tel un enfant sermonné, Antoine se calma. Il prit même un air contrit. Clara s'adressa à lui :

— Vos descendants ont pris votre drôle de caractère, il faut l'avouer. Mais surtout, Cécile a hérité d'un don précieux, qu'elle tient de vous : la musique ! Maintenant, Cécile, tu le sais ! Et pour le montrer à Antoine, rien de mieux qu'une démonstration ! Simon, pourrais-tu revenir dans la loge avec Cécile pour récupérer sa flûte ?

Elle regarda Alan et lui dit :

— Je vais chercher un instrument qui t'appartient dans la pièce voisine !

Une fois dans l'intimité, j'observai plus longuement ce jeune homme qui me précédait. Il me faisait tant penser à mon fils aîné…

— Approche-toi de moi, Simon ! Je voudrais te dire, maintenant que nous sommes seuls, que dès que je t'ai vu, sortant du coma, j'ai senti quelque chose d'irrationnel à ton égard. Je t'ai aimé dès le premier regard, comme j'ai aimé inconditionnellement mes trois enfants depuis leur venue dans ma vie. Ton aïeule devant toi possède un tas de défauts, mais crois-moi, mon cœur se gonfle d'amour en cet instant. Je suis si heureuse que tu cherches à préserver l'environnement ! Tu es comme un fils pour moi, dis-je en le serrant dans mes bras.

— C'est très gentil. Tu es comme une mère pour moi ! La mienne est d'ailleurs musicienne. Elle joue du piano depuis sa plus tendre enfance. La musique ne s'est pas évanouie dans la lignée, vois-tu.

— J'en suis ravie ! Mais mon souhait le plus cher est de vous savoir heureux, aimants, entiers et conscients, quels que soient vos choix de vie.

Après une dernière accolade, il regarda à l'intérieur de ma loge et m'entraîna :

— Je crois qu'il est temps d'aller chercher cette flûte traversière !

Je retrouvai avec joie ma vieille compagne de vie. Je voulus en jouer, mais préférai attendre d'être dans la Salle de Réception. Une fois de retour, je constatai qu'Antoine était encore derrière l'écran. Il s'était calmé et attendait sagement.

— Ah, Antoine, vous êtes encore là, c'est parfait, dis-je en regardant l'écran.

— Je suis là aussi ! me dit Alan derrière sa harpe celtique.

— Elle est magnifique, ta harpe !

— Mais qu'est-ce donc que ces instruments étranges ? demanda Antoine.

— Il s'agit de ma flûte traversière. Cette flûte en métal est arrivée après le traverso, qui était fabriqué en bois. Nous sommes loin de votre époque, Antoine... Les instruments ne cessent d'évoluer à travers les décennies et les siècles, offrant d'autres palettes sonores. Alan a entre ses mains une harpe celtique. Il est irlandais.

— Voilà qui est très intéressant ! dit-il en scrutant la harpe.

Clara vint interrompre nos échanges en se plaçant devant nous.

— Alan et Cécile, venez donc ici, au centre de la pièce ! Ainsi, nous pourrons tous profiter du spectacle. Pouvez-vous me dire quel jour nous sommes ? demanda-t-elle.

— Le 15 août, répondîmes-nous tous d'une même voix.

— Tout à fait ! Ce jour étant spécial, Mère aimerait entendre un *Ave Maria* !

— Bonne idée ! dis-je. Celui de Schubert, de Gounod, de Caccini, un autre ?

— Celui de Franz Schubert ira très bien ! répondit Clara.

Antoine, qui écoutait attentivement, prit la parole à son tour :

— Franz Schubert... Qui est ce compositeur ? Un Autrichien, c'est cela ?

— En effet, Antoine, un compositeur autrichien du XIX$^e$ siècle, lui répondis-je.

— Alan, connais-tu cette œuvre ?

— Oui. Je peux la jouer en Si bémol majeur, si cela te convient, me dit-il.

— C'est parfait ! Je la connais par cœur dans cette tonalité.

Un silence suivit nos échanges un peu techniques. Je n'étais plus avec eux, mais avec la musique et pour la musique. Cet *Ave Maria* avait le don de me transporter. Ma flûte serait la voix, le véhicule de mon âme. Mes amis étaient prêts à écouter.

Alan fit corps avec sa harpe. Son esprit vagabonda en Irlande, chez lui, avec sa femme, ses filles et son petit-fils. Il imaginait aussi celui qui, bien que pas encore né, jouerait de la cornemuse. Puis il fit son premier arpège. Tout était doux et suave. Antoine ferma les yeux pour mieux écouter. Je fis de même avant de commencer.

Puis ce fut à nous deux de converser autour de Marie. Une réelle harmonie s'opéra. Un souffle vint balayer mes cheveux. Antoine ouvrit les yeux et se recueillit. Simon s'assit en tailleur pour s'imprégner de cette prière adressée à Marie. Après mon début dans le grave, j'enchaînai une seconde fois dans l'aigu. Le son se propagea dans tout l'espace de la grotte et les sonorités de nos deux instruments ne firent plus qu'une, dans une entente musicale précieuse.

Tout le monde applaudit, même Antoine derrière son écran, qui nous fit un salut avant de se retirer.

— Merci pour ce moment musical, Alan et Cécile ! Je dois dire que cette mélodie restera gravée dans ma mémoire, même après la fin de notre séance ! dit Clara.

Elle laissa planer quelques secondes de silence. Nous devinions la suite… Fallait-il nous dire adieu ? Elle vint interrompre nos pensées.

— Comme vous le savez, toutes les bonnes choses ont une fin. Nous allons bientôt devoir nous quitter… Je vous laisse un instant entre vous pour que vous puissiez vous dire au revoir calmement. Cette expérience mérite bien de prendre ce moment pour se terminer en beauté. Je vous attendrai ensuite dans une salle située non loin d'ici, appelée la Salle du Retour à la Réalité… Je vais de mon côté me préparer. J'ai besoin de solitude pour cela. J'aimerais que vous arriviez dans la Salle du Retour à la Réalité ensemble tous les sept. Vous formerez alors un cercle et je me placerai au centre.

Emmanuel sera avec moi. Je vous reconduirai alors lentement dans votre rêve, dans votre réalité, votre lit, à l'endroit où vous étiez avant d'être embarqués dans cette alliance hypnotique.

Clara s'éloigna et nous laissa seuls. L'écran disparut et, après son départ, nous nous retrouvâmes dans l'obscurité totale. Comme au tout début de cette extraordinaire aventure…

Nirvelli se trouvait à côté de moi. Je pris sa main dans la mienne. Sans que je m'y sois préparée, je me retrouvai l'instant suivant devant son wigwam, toujours à côté d'elle. Son fils et son mari semblaient absorbés par leur travail. Ils fabriquaient un nichoir en bois, taillant par-ci, rabotant par-là, polissant encore ailleurs. J'observai son lieu de vie, tellement différent de ce que j'avais pu imaginer…

— C'est magnifique chez toi ! murmurai-je. Je suis touchée de découvrir ta famille. Ils sont attendrissants dans leur concentration, tous les deux.

— Tu sais, nous veillons beaucoup sur les oiseaux. Je rejoins un peu Bào, là-dessus. Même si nous ne sommes pas issus du même continent et qu'il n'est pour l'instant qu'un être en devenir pour moi, en quelques mots, même s'il n'existe pas vraiment, il compte beaucoup pour moi, comme vous tous. Le nombre d'oiseaux croît enfin depuis quelques décennies, ce qui nous réjouit. Mais nous n'oublions pas par où ils sont passés… Nous leur offrons une aide précieuse au moment de la ponte des œufs avec ces nichoirs, qui se fondent parfaitement dans le paysage. Mon petit Nahele traque tout élément naturel qui servirait à la fois à les décorer et à leur assurer une bonne solidité. C'est toujours une fierté pour moi de le voir revenir de ses promenades avec une mousse adaptée, un bout de bois qu'il sculptera lui-même avec son couteau ou bien des feuilles suffisamment couvrantes… Il pense aux animaux tout le temps, à leur survie avant tout, et il communique très souvent avec eux. Nous ne voulons plus entendre parler de ces oiseaux morts sans avoir eu de descendance par manque d'abris sûrs, mais aussi par manque de nourriture. Nous savourons notre bonheur de voir les couples revenir chaque printemps. Certains reviennent même dans le même nichoir. Nous sommes ainsi rassurés sur la réussite de notre mission ! Nous nous régalons d'observer les rondes des parents qui nourrissent leurs poussins, jusqu'à l'envol de ces jeunes vers une nouvelle vie. Nous répandons aussi des mélanges de graines pour ceux qui restent l'hiver, juste pour le plaisir, le leur autant que le nôtre.

Je ne m'étonnai pas de pouvoir observer le lieu de vie de Nirvelli, malgré l'obscurité totale : cette journée m'avait bien préparée à ne m'étonner de rien, comme assister à une scène de vie future lointaine, dans un autre continent, d'une personne locale que je commençais à bien connaître. Tout ce qui était censé nous séparer n'existant plus, je lui parlais comme je le faisais avec chacune de mes amies :

— Je vois que vous incarnez bien ce que Mère vous a confié ce soir. Vous pouvez être fiers de vous. J'aime bien dire à mes amis, ou à mes enfants, que chaque geste compte et que rien n'est anodin. Pour moi, chaque goutte d'eau vient nourrir une future rivière qu'il nous reste à façonner ensemble. Je nourris moi aussi les oiseaux tous les hivers, et je les vois nicher dans les haies et les arbres. C'est un spectacle très réjouissant !

— Ta période doit être terriblement difficile... J'aimerais visiter ton environnement un jour, comme tu l'as fait avec moi sans que nous y soyons préparées. Peut-être un jour, qui sait ? Je ne m'étonne plus de rien, désormais.

Cette idée me ravit également.

— En attendant, je te laisse, reprit-elle. Je suis justement chez Bào, dans son village vietnamien ! C'est amusant, j'en parlais il y a seulement quelques secondes.

Sa réponse m'apporta une petite frustration, mais il est vrai que nous avions perdu contact avec le reste du groupe.

Comme le lien entre nos esprits ne se rompit pas, je pus garder un accès à ses pensées et entendre ses réflexions. D'ailleurs, nous avions accès à toutes nos pensées respectives. Les éléphants l'impressionnaient. Elle n'imaginait pas que des êtres si puissants puissent faire preuve de tant de délicatesse. On sentait chez ces animaux une douceur et une amitié qui paraissaient identiques à celles des Hommes. Elle était particulièrement attendrie par le câlin échangé entre Goodness et Bào, se demandant depuis combien de temps ils ne s'étaient pas vus.

— Nirvelli ! Je suis si heureux de te voir chez moi ! Tu avais entendu parler de ma Goodness, mais là, tu peux la voir de près ! Peu importe que je m'absente une heure ou une journée, ou même plusieurs jours, elle me salue toujours avec autant de tendresse. C'est ma mascotte adorée ! dit-il en serrant une nouvelle fois le pachyderme.

Nirvelli s'approcha de l'imposante Madame Good et la salua poliment.

Sans avoir pu discuter avec Nirvelli autant qu'il l'aurait souhaité, Bào se trouva, à sa grande surprise, devant la maison d'Adèle, dans le sud-ouest de la France, au milieu de la forêt de Sivens. Il fut accueilli par la fête démonstrative du berger allemand d'Adèle. Le vieux chien semblait très heureux de voir ce jeune homme qui lui inspirait une grande confiance. Il n'aboya même pas pour avertir sa famille. Bào était fasciné par la forêt dans laquelle Adèle vivait avec sa famille. Les arbres, si différents de ceux qu'il protégeait, s'étendaient ici à perte de vue. Tout était vert, vivant et exotique. Il savait que cette vision resterait gravée dans sa mémoire pour le restant de ses jours. Après un bon moment de contemplation, il entra finalement dans leur maison pour assister à la préparation d'un des plats d'Adèle, unanimement reconnus comme sublimes, malgré une évidente simplicité. Une tarte à la tomate avec des graines de courge et un filet d'huile d'olive, accompagnée d'une salade de concombres. Une bonne tranche de pain complet agrémentait le tout. La qualité des aliments était respectée et mise en valeur.

Adèle lui offrit de rester avec eux pour le repas, mais elle fut happée à son tour par une scène chez Alan, à Galway en Irlande.

Elle était en extase devant la collection d'instruments de musique d'Alan. Elle était surtout attirée par une guitare décorée dont l'esthétisme était en totale disproportion avec l'usage normal que l'on pouvait en attendre d'un musicien. Cette véritable œuvre d'art faisait oublier qu'au-delà de la peinture, il y avait des cordes à pincer.

Alan s'adressa à elle :

— Tu sais, cette guitare n'a pas toujours été ainsi, comme tu peux le deviner. C'est lors d'une répétition pour un spectacle théâtral que mon ami comédien Matthew a eu une idée ingénieuse. Il a voulu transformer ce simple instrument en un accessoire de mode, qui devint au final l'emblème d'un personnage imaginé par lui. Ce personnage maladroit, tout en étant fantasque et vaniteux, attira la sympathie ou l'antipathie des gens. En bref, il ne laissa personne indifférent ! Matthew n'avait pas imaginé un tel succès. Il se mit à écrire ses nombreuses péripéties, et la célébrité de son personnage central ne fit que croître au fil des années. De nombreux comédiens endossèrent son rôle par la suite. Cette guitare, que tu devines sous ces décorations tout aussi fantasques que le personnage auquel elle appartient, est en réalité… la mienne ! Cela fait maintenant un quart de siècle que ma guitare suit ce personnage, tu imagines un peu ?

Adèle était amusée à l'idée d'une telle interprétation, se demandant s'il serait facile de féminiser cet hurluberlu afin de pouvoir jouer le rôle de ce personnage fantasque un jour.

Elle était captivée par cette idée, inquiète de savoir si l'instrument existait encore à son époque. Elle comptait d'ailleurs entreprendre une recherche.

Alan, juste après cet échange, rejoint Alioune près de son lac rwandais bien-aimé. Les paysages, si différents de tous ceux qu'il avait admirés jusqu'ici, avaient capté toute son attention. Il eut en quelques instants les visions de plusieurs heures de voyage à travers le pays, terminant devant une jungle luxuriante. Alioune lui apprit que les imposants gorilles, dont les représentations omniprésentes tout le long du chemin avaient attisé sa curiosité, avaient entièrement disparu environ un siècle plus tôt.

Alioune s'adressa à lui :

— Même s'ils sont désormais idolâtrés en tant que symbole de la puissance revendiquée par mon pays, ils constituent avant tout le dernier peuple animal ayant subi un génocide total… Malgré une forte mobilisation de la population rwandaise à l'époque de cette extinction dramatique, les derniers gorilles finirent… empoisonnés par leur alimentation grappillée dans des champs. Désormais, les gorilles sont considérés comme nos cousins. Des cousins idéalisés à la manière des bons sauvages que Rousseau décrivait dans ses *Indes galantes*. Ces êtres qui vivent dans l'amour en symbiose avec l'environnement naturel représentaient partout dans le monde un idéal qui, j'en suis sûr maintenant, réjouissait le cœur de Mère. Les politiques ne réalisèrent que trop tard le bilan de la disparition de cette espèce noble. Outre l'image du pays qui retournait à ses heures les plus sombres, ils voyaient disparaître leur image de marque la plus emblématique. De plus, le pays perdit par la même occasion une source de revenus miraculeuse. En effet, les touristes venaient autrefois en masse pour pouvoir observer quelques instants, et de loin, un bébé gorille se régalant de fruits dans les bras de sa mère. Mais après cela, ils ne vinrent plus… Le Rwanda, comme tu as pu le voir lors de ce survol du pays, conserve les paysages grandioses qui sont censés servir d'écrin à leur faune, mais ce deuil nous a déchiré le cœur à jamais. Nous vouons un culte à nos derniers grands singes, conscients que cette perte dépasse notre simple frontière.

Après un court instant, il reprit :

— Heureusement, ce drame fut ressenti à sa juste valeur par l'humanité tout entière. Toutes les grandes disparitions en devenir furent impitoyablement traquées, combattues et interrompues. Maintenant, je sais que cette prise de conscience est due à une action de Mère sur l'humanité. Je me sens vraiment transformé, ce soir !

— Moi aussi, Alioune, dit Alan. Je comprends ta tristesse devant ce drame... Mais je me pose tout de même une question. Pourquoi la réhabilitation de toute la population mondiale de gorilles dans des réserves naturelles ou des zoos n'a-t-elle pas fonctionné ?

— Ils ont tout essayé, Alan, mais cela n'a pas marché. Ce grand rapatriement a pourtant été intégral. Plus personne n'aurait eu l'idée saugrenue de conserver un gorille en dehors de son habitat historique. Mais voilà : on ne peut pas tout détruire et penser que tout se répare comme ça, d'un claquement de doigts ! L'équilibre de la nature est complexe. Si l'Homme se place au-dessus de ses lois, celle-ci peut avoir des réponses inattendues et très brutales, comme la disparition des gorilles et de tant d'autres espèces avant. Il ne nous reste plus que nos larmes pour nous en désoler.

Alioune, soudain emporté, dit à Alan :

— Je suis désolé, mon ami, mais Simon m'appelle ! Je dois partir... Mais je suis presque sûr que nous nous reverrons un jour. Une intuition.

Simon reçut en effet Alioune dans le nord de la France. Ici, tout semblait être à sa juste place depuis des décennies.

Simon s'adressa à lui :

— Tu dois être bien dépaysé... C'est normal. Je vais t'expliquer un peu où nous en sommes actuellement en

France. Dans un passé un peu lointain pour toi. Tu nous as parlé de poisons, pesticides et autres joyeusetés que tu combats activement dans ton pays. Je vais t'expliquer vite fait où ceux-ci ont mené la France il n'y a pas si longtemps. Nous sommes passés à côté d'une catastrophe écologique… Heureusement, elle est en train, par le biais de mesures radicales, de changer la donne. Les poisons, qui font encore des ravages un peu partout ailleurs, sont désormais déclarés illégaux. Tout usage de ceux-ci est sévèrement sanctionné. L'adaptation à ce nouveau mode de vie coûte certes beaucoup de temps et de moyens, mais mon pays ne manque ni de l'un ni de l'autre. Par contre, je dois t'avertir que la notion de poison est à prendre au sens le plus large possible ! Dans ce Nord, autrefois très festif, l'alcool, qui était un symbole de convivialité, ne sert plus que de combustible à l'heure actuelle. Une simple bière offerte, geste autrefois social par excellence, est désormais considérée comme un délit d'empoisonnement, certes peu pénalisé, mais unanimement considéré comme tel. Certains continuent tout de même à en boire, mon travail matinal me l'attestant, mais infiniment moins qu'avant ! De même, le fameux tabac, autrefois si consommé, n'a maintenant plus droit de cité. Même un simple cigare à Noël… C'est sûrement un peu excessif, mais nous en sommes là… Les divers dopants, autrefois prescrits ou pris en cachette par des sportifs de haut niveau ou des personnes surmenées, n'ont maintenant qu'un usage médical très restreint et surveillé. Enfin, le sucre, cette drogue blanche légale, qui a fait tant de ravages, a quasiment disparu. L'exercice physique fait partie des obligations civiles, et personne ne tente de contrarier les prescriptions médicales qui rappellent à l'ordre les moins vaillants.

Alioune écoutait Simon, comme si celui-ci n'habitait pas dans la même galaxie. Simon, souriant, continua :

— La culture et les loisirs de l'esprit complètent les bonnes pratiques. Tout comme le sport, les règles des jeux sont adaptées pour que tous les joueurs soient vainqueurs. Dans nos matchs de foot, par exemple, chaque joueur qui marque un but passe automatiquement sous le maillot adverse. Il n'est pas rare de voir ces matchs se terminer à 8 contre 14 si le niveau des équipes de départ est trop déséquilibré.

— Je conçois que dans ces conditions, aucun joueur ne puisse être prêt à tout pour faire gagner son équipe, dit Alioune, qui trouvait cette idée très ingénieuse. C'est vraiment une idée novatrice ! Je dois aussi t'avouer qu'en observant les habitants de ton pays, je les trouve tous très beaux et ils ont l'air sains ! Ils portent sur leur visage une douceur que j'aimerais voir plus souvent au Rwanda…

— Je suis persuadé que les habitants de ton pays sont très beaux aussi, Alioune ! répondit Simon. Je suis désolé, mais je vais te laisser, je brûle de rejoindre Cécile et mes ancêtres. J'en suis si ému d'avance que j'en tremble.

J'eus ainsi la joie de recevoir mon descendant dans mon monde. Je m'inquiétais de sa réaction face au choc culturel qui, je m'en doutais, risquait de le cueillir de plein fouet. Heureusement, nous n'étions ensemble qu'en tant que témoins invisibles, comme lors de mon premier voyage avec Adèle. Au moins, il pouvait s'exclamer sans créer la moindre perturbation. Mon inquiétude fut toutefois injustifiée. En effet, il a suffi de pénétrer dans un appartement lors d'un match de rugby à XIII suivi entre copains pour le voir interdit et parfaitement mutique.

— Cécile, me dit-il après un long silence. Est-ce ton monde, ça ? Mais c'est quoi ces rondelles dans l'assiette, ces canettes ouvertes et ce réservoir en verre sur la table basse ?

— C'est du saucisson. Ce que tu vois à côté sont des canettes de bière. Et ce réservoir, c'est un cendrier, qui récupère les cendres des cigarettes, puis les mégots terminés.

Mais tu n'en as jamais vu ? lui demandai-je à mon tour, surprise.

— Non. La bière est un alcool : nous n'en consommons quasiment plus. Les cigarettes, nous ne savons pas non plus ce que c'est, l'industrie du tabac ayant subi les effets cumulés du réchauffement climatique et d'une réglementation rédhibitoire. Je n'en connais même pas l'odeur. Quant au saucisson… Comment dire… Non, je ne connais pas non plus.

— Je vois, Simon. En t'entendant, j'ai la conviction que je ne suis pas née au siècle le plus adapté pour moi. Même s'il me semble entendre un extraterrestre, j'aime bien ce que tu me racontes !

— Mais pourquoi crient-ils ? demanda-t-il devant un visage tordu de rage.

— Là, ils crient selon leur enthousiasme ou leur déception devant le match ! L'équipe française perd, mais de très peu. La tension est donc à son comble. Tout peut encore basculer. Mais Simon, dis-moi, les jeunes ne crient pas chez toi ? Ici, c'est fréquent lors des soirées arrosées entre amis…

— Si, bien sûr que nous crions des fois. Mais si nous le faisons, c'est pour avertir d'un danger ou montrer notre colère. Certainement pas pour nous réjouir devant des joueurs sanguinolents qui sortent sous les insultes et les quolibets du public et même du groupe de spectateurs qui ne sont que devant leur écran. Chez nous, si un joueur est blessé, on va immédiatement lui porter secours, et personne n'aurait l'intention de reprendre un match si dramatique.

— Je vois, Simon, le contraste doit être saisissant pour toi. Allons faire un tour en ville, si tu le veux bien !

Nous nous retrouvâmes au centre-ville de Toulouse, place du Capitole. Même si je pensais me retrouver à Albi, je pris plaisir à arpenter cette place toulousaine que j'aimais beaucoup. Simon était subjugué par l'architecture des bâtiments.

Mais au bout de quelques pas, il s'arrêta net devant… les gens ! Il semblait désemparé…

— Mais ces gens sont malades ! C'est frappant ! Ils sont malheureux, tristes ! Certains ne savent même pas ce qu'ils font ici ! On dirait qu'ils errent, sans but. Cécile, les gens sont comme ça dans ton quotidien ? Et eux, là, pourquoi crient-ils dans leur voiture ? Décidément, tout le monde hurle, ici !

— Ah, ça, Simon, c'est parce que l'espace de leur voiture est une sorte de sas où ils se permettent de laisser s'exprimer leur colère, leur frustration et leur agressivité. Un peu comme s'ils étaient chez eux… Je ne te raconte pas tout ce qui doit s'y dire, parfois !

Il rit à cette évocation.

— Pour répondre à ta première question, Simon, je te dirais qu'heureusement, tout le monde n'est pas comme ceux que tu as pu voir. Certains, au contraire, sont joyeux et apportent au moins le sourire sur le visage des autres. Je sais qu'à mon niveau, je fais déjà rire mes enfants souvent, et même parfois mes élèves, avec des anecdotes parfois cocasses. Comme la fois où un élève m'a demandé de lui jouer une chanson parodique et un peu vulgaire. Je me suis mise à la jouer au piano et à la chanter. Le problème, c'est que le directeur est entré sur mon interprétation enlevée !

Simon éclata de rire. Je retrouvai sa joie de vivre, enfin.

— Tu vois, Simon, plus les gens sont agressifs et las, et plus j'ai envie de leur montrer qu'on peut s'amuser d'un rien. Cette fois-là, par exemple, en entendant cette chanson thématique sur les pets agressifs, nous avons été trois à rire ! Ce que je veux te dire, c'est que nous ne sommes pas responsables de ce qui nous entoure, mais nous pouvons chacun et chacune accepter ou non d'adhérer à ce que la société attend de nous. Pour ma part, je suis atypique.

— Oui, ça, j'imagine ! Mais ça doit être sympa aussi de voir des gens hauts en couleur, vivants. C'est peut-être un peu ce qui manque chez moi : de la spontanéité ! Tout est si calme… Cela manquerait même de cris !

— Je suis d'accord avec toi, sauf pour les cris qui épuisent mes oreilles et me fatiguent beaucoup ! Tu sais, tous les soirs, j'adresse un remerciement à l'Univers et à la vie, même si la journée n'a pas été particulièrement reluisante.

Il me regarda avec bienveillance.

— Allez, viens chez moi, maintenant, si tu le veux bien, lui dis-je.

Simon n'eut que quelques secondes pour voir mes trois enfants. Il admira cette petite famille qui ressemblait à la sienne. Ce n'est qu'à ce moment-là qu'il comprit pourquoi j'évoquais une ressemblance frappante avec mon aîné.

Interrompant tous ces échanges, Clara, que nous avions presque oubliée, s'adressa à nous :

— Vraiment, ce soir, vous m'aurez tout fait ! dit-elle en riant. Vous vous touchez simplement la main et vous atterrissez naturellement les uns chez les autres ! C'est incroyable et vraiment poignant ! Je me suis passionnée par les choix de vos différentes visites, de ce que vous aviez à découvrir. J'ose le dire : même si je reçois fréquemment des groupes, vous êtes particuliers. Je vous considère comme des proches. Je me suis régalée de votre présence et vous allez me manquer. Mais voilà, l'expérience doit maintenant prendre fin, comme vous le savez. Alors, écoutez-moi une dernière fois. Donnez-vous la main, et restez concentrés… Ne vous lâchez pas et dirigez-vous au son de ma voix.

Nous marchâmes calmement, presque solennellement.

— Voilà, c'est très bien. Maintenant, marchez droit devant vous. Le chemin n'est plus très long. Vous pouvez parler, mais à voix basse, pour ne pas anticiper votre réveil. Encore un petit effort et vous serez près de moi dans la Salle du Retour à la Réalité.

La voix de Clara était la même qu'au début. Progressivement, nous retrouvâmes nos foyers, en imagination.

— Si vous avez quelques mots à dire avant de partir, c'est maintenant !

Je pris la parole :

— Oui j'ai une phrase à vous dire avant de nous quitter. Au revoir, les flamants roses !

Tous se mirent à pouffer. Bào se tint même les côtes. Alioune laissa échapper son rire bruyant et même tonitruant, qu'il avait étouffé devant la petite louve innocente.

Clara nous parla lointainement :

— Je vois que vous êtes de bonne humeur ! Cela me fait vraiment plaisir !

Puis, d'une voix encore plus lointaine, elle chuchota :

— J'espère qu'aucun d'entre vous ne veut rester ici ?

D'une même voix, nous répondîmes par la négative.

*Quelle idée tout de même de vouloir rester ici !* pensai-je.

— Cécile, ne sois pas si catégorique… Il est arrivé maintes fois que des personnes ne veuillent pas rentrer chez elles ! Nous devons alors les stimuler.

Emmanuel prit la parole :

— Un jour, il y a même une femme qui voulait trouver une astuce pour mourir sur Terre afin de rester avec nous. La réalité, c'est qu'elle avait peur d'affronter son quotidien après cette séance. Elle ne voulait plus croiser de regards, ne voulait plus affronter sa réalité de vie… J'ai dû parler avec elle longtemps, alors que les autres étaient revenus dans leur réalité de vie depuis un moment déjà. Elle me supplia, m'implora de rester avec nous. Mère a dû agir en lui parlant directement. Elle a écouté sa souffrance, l'a réconfortée, lui a rappelé ce qu'elle avait appris lors de cette expérience. Elle lui a accordé une écoute précieuse. Mère a fini par dire à cette jeune femme qu'elle se trouvait dans un rêve, une séance hypnotique, et qu'elle devait obligatoirement rentrer chez elle. Nous l'avons accompagnée avec tout notre amour. Je dois dire qu'elle m'a vraiment touchée…

— Cette fois-ci, nous ne nous sommes pas trompés, dit Clara. Ils veulent rentrer chez eux.

Une lumière accueillit les dernières paroles de Clara.

D'une même voix, nous répétâmes cette phrase emblématique, désormais la nôtre :

— Au revoir, les flamants roses !

— Et surtout : un grand merci, Clara ! Nous sommes heureux d'avoir vécu cette journée si importante grâce à toi, dit Bào.

— Il en fut de même pour moi, répondit cette dernière. Je vais moi aussi retrouver ma famille. Mon deuxième garçon va fêter son anniversaire dans quelques jours. Il faut que tout soit prêt pour lui.

Le silence se fit dans ma tête et dans mes pensées. Je sautai dans le vide. Je flottais, à présent. Je volais et j'effectuais des loopings étonnants, souples et fluides. J'étais comme une enfant insouciante, heureuse, riant maintenant librement, seule, sans regard extérieur, sans obstacle, sans restriction. Je réalisai que ce rêve si exhalant resterait gravé dans mon âme. J'avais envie d'embrasser tout le monde, de rire, de danser, de chanter, d'aimer sans restriction. J'aurais pu garder cet état de sérénité longtemps. Mais, tout d'un coup…

# 10

# 15 août 2018 : 8 h 30 du matin

Une lumière crue vint frapper mes paupières. La lumière du soleil derrière des stores.

— Ton retour s'est très bien passé. Te voici à nouveau chez toi.

Il s'agissait de Clara, qui s'adressa une dernière fois à moi.

Je me trouvai en effet dans mon lit, couchée sur le côté gauche. Rien d'inhabituel à cela. Il faisait déjà jour depuis quelques heures au vu de l'intensité de la lumière perçant le store pourtant presque intégralement fermé. La chaleur épuisante qui perturbait mon sommeil depuis quelque temps m'avait laissé un peu de répit, cette nuit-là. Machinalement, je désactivai le « mode avion » de mon téléphone, profitant de l'écran pour découvrir la date et l'heure :

*Mercredi 15 août 2018*
*8 h 30*

— Il est tard ! marmonnai-je dans mon demi-sommeil.

Mon compagnon dormait à poings fermés à côté de moi. C'était également le cas des enfants, en cette période de vacances estivales.

Mes chats m'accueillirent avec leurs ronronnements et miaulements pas vraiment discrets, comme chaque matin. Après les avoir nourris, je fonçai sous la douche.

*Ce n'est pas un bain dans une grotte que tu prends, mais une douche légèrement fraîche pour te tonifier, et aussi… revenir à la réalité, ici et maintenant, en plein milieu de ce mois d'août 2018.*

Je profitai de me laver les cheveux pour m'arroser vigoureusement le visage.

— *Cécile, tu es revenue, maintenant* ! me dicta ma petite voix intérieure. *Il y a beaucoup de choses à faire, aujourd'hui.*

Habituellement et depuis toujours, une fois un pied posé au sol, mon esprit partait très vite et je commençais à lister de tête les tâches à réaliser : préparer la table pour le petit-déjeuner, étendre le linge, passer le balai, préparer les activités du jour… Mais nous étions un jour férié, en vacances qui plus est, donc aucune tension ne vint troubler cet instant privilégié. Je décidai d'allumer mon ordinateur pour trouver une version de l'*Ave Maria* de Schubert. Je dénichai un vieil enregistrement en allemand, interprété par Maria Callas, avec pour seul fond, son portrait.

*Maria honorant Marie*, me dis-je.

Je mis mon casque pour ne pas déranger la famille. J'étais à nouveau dans une bulle. L'orchestre démarra, puis elle entonna son premier couplet. Moment magique… Maria Callas avait un talent extraordinaire et sa voix était à l'unisson de son âme : profonde, mystérieuse, envoûtante. Elle m'imprégna. Je restai assise quelques instants, les yeux fermés. Cette interprétation était réellement une merveille de sensualité et de musicalité. Je ressentais dans mon être les vibrations de la mélodie. Je lançai l'enregistrement une nouvelle fois, puis encore une autre. Je n'étais plus dans mon salon, mais revenue dans la grotte. Je me remémorais les événements de cette journée passée dans un Nouveau Monde au large de l'atoll de la Polynésie française : l'arbre solitaire, Choco, notre messager excentrique, la majesté des loups géants, la compagnie amicale des dauphins dans l'océan Pacifique… J'eus même une pensée particulière pour mon ami Milo et ses acrobaties joyeuses. Un vrai adolescent plein de fougue… Je me retrouvai désormais sur l'île de Bora-Bora devant Clara… Un ange, oui, sûrement.

Ma fille vint me toucher légèrement le bras. Son petit sourire lumineux me fit chavirer. Elle avait été incommodée par la chaleur et demanda un verre d'eau. Elle portait un collier de coquillages qu'elle avait fabriqué quelques jours auparavant avec son père, après les avoir ramassés patiemment à la mer, en prenant soin de les choisir un peu percés. La vue de son collier me replongea dans le souvenir des cadeaux offerts par les dauphins.

— Ah, tu l'as retrouvé ? lui demandai-je.

— Oui, il était juste à côté de votre chambre ! Léo a joué avec et l'a emporté avec lui dans toute la maison !

— Sacré Léo ! Il faudra mettre ton collier dans la boîte à trésors le soir, maintenant ! Même s'il a un peu plus d'un an, il reste encore un chaton dans sa tête. Il joue avec tout ce qui traîne !

— Ce n'est pas un chaton, mais un enfant chat ! Ou même plutôt un ado chat ! Comme Clément qui fait la grasse matinée ! dit-elle, emportée.

Je retrouvai avec ravissement les réflexions toujours avisées de ma fille. J'étais heureuse d'être de nouveau chez moi, revenue dans mon univers de maman artiste, hypersensible et si proche de la nature. Je la pris dans mes bras. Après lui avoir servi un verre d'eau, je l'amenai sous la douche pour la rafraîchir et la laver. Je la séchai et l'habillai d'un simple débardeur et short, en prévision d'une journée qui s'annonçait encore une fois caniculaire.

— Pourquoi est-ce que tu écoutais la musique avec ce casque sur tes oreilles ? me demanda-t-elle. Ça m'a fait rire de te voir comme ça ! Je me suis demandé pourquoi tu avais les yeux fermés !

— Si tu savais où m'a menée mon rêve magique de cette nuit… J'ai un peu de mal à émerger, ce matin.

— Un rêve magique ? Oh, j'aimerais que tu me le racontes !

— Oui, si tu veux ! Mais avant, je vais te préparer un bol de fruits : melon, pastèque et abricot, le tout avec ta petite fourchette préférée, ça t'ira ?

Sa réponse enjouée m'encouragea. Depuis son plus jeune âge, elle n'avait jamais rien pu avaler d'autre que des fruits le matin. Été comme hiver, le rituel était le même : elle piquait des fruits dans un petit bol, chaque saison portant ses saveurs particulières. L'été permettait le plus de créativité.

*Comme dans la grotte*, pensais-je.

Je m'installai sur le canapé et elle vint se blottir sur mes genoux pour écouter mon rêve.

— Au début, j'étais dans le noir complet dans une fusée. Une dame nous parlait en nous disant que tout allait bien.

— Dans une fusée ?

— Oui, dans une fusée. Ça m'a beaucoup surprise aussi ! J'avais même envie de rire !

— Mais tu étais dans l'espace, alors ?

— Oui, enfin, je croyais…

— Pour voir une autre planète ?

Mais comment pouvait-elle se montrer si perspicace à son jeune âge ?

— Oui… Ou plutôt un Nouveau Monde, lui répondis-je, pensive.

— Tu n'avais pas peur dans le noir ?

— Si, bien sûr, un peu… Mais la lumière est arrivée après. J'étais dans une fusée qui ressemblait à un peu à une maison. Une maison rigolote : ovale avec des fenêtres un peu partout et des murs décorés !

— Comme la maison des Barbapapa ?

Cette réflexion me fit sourire. J'avais toute son attention.

— En quelque sorte, oui ! Sauf qu'il n'y avait pas de chambres séparées, il n'y avait même aucune cloison. Nous étions sept dedans ! Nous avons atterri dans un nouveau monde inconnu de nous tous. Il avait un parfum de fleurs et tout y était merveilleux ! Nous nous sommes vite présentés les uns aux autres. Ensuite, nous avons tous participé à un jeu de piste géant. Une voix nous a guidés pour nous donner des indices afin de trouver une grotte magique.

Elle était parfaitement attentive et ses beaux yeux verts trahissaient une grande curiosité. Je repris mon récit :

— La route pour parvenir à cette grotte était dure à trouver... Heureusement, nous avons été aidés par des messagers. Le premier était un très vieil arbre majestueux. L'une d'entre nous, Nirvelli, a su entendre ce qu'il disait. Puis nous avons rencontré un Fou brun, un oiseau marin qui parlait ! Je l'ai appelé Choco, car il était marron comme le chocolat. Il était très joyeux et a grimpé sur mes genoux. Après cela, nous avons vu des loups géants. Une jeune louve pensait que nous étions des flamants roses !

Elle éclata de rire.

— En tout cas, ils nous ont aidés aussi en nous indiquant que nous ne trouverions pas notre grotte dans leur île.

— Normal : c'est très gentil un loup ! déclara-t-elle.

— Effectivement, aucun animal n'est méchant par nature, tant qu'il ne se sent pas menacé ! Nous avons ensuite nagé dans l'océan où nous avons rencontré des amis extraordinaires...

— Des dauphins ? demanda-t-elle.

— Oui ! Comment as-tu deviné ?

— J'en étais sûre ! C'est gentil et intelligent, un dauphin ! Et ils t'ont parlé aussi ?

— Oh oui ! C'est grâce à eux que nous avons pu atteindre l'île où se trouvait la grotte...

— Et il y avait un coffre à trésor ?

— Oui... un trésor spécial. Il n'y avait pas de coffre rempli de pièces d'or ou de bijoux, mais une histoire très précieuse concernant notre monde. Par contre, je vais m'arrêter là... Il faudra que tu grandisses un peu pour comprendre la suite.

Elle semblait un peu déçue, mais elle comprit que ce n'était pas la peine d'insister. Je lui caressai ses cheveux fins pour la rassurer :

— Un jour, tu seras assez grande pour la découvrir, et même peut-être la vivre par toi-même !

— Maman, c'était quoi la musique que tu écoutais ce matin ? On pourrait l'écouter ensemble ?

— Mais c'est une très bonne idée !

Le retour de l'*Ave Maria* provoqua chez moi un sentiment de nostalgie. Quelques larmes perlèrent au coin de mes yeux. Je savais qu'Alan, Adèle, Simon, Nirvelli, Alioune et Bào allaient me manquer. Clara aussi, être du futur, dotée de capacités de perception hors du commun, qui restait pourtant très humaine et attachante... Son appel, c'était celui de la Terre... Notre Mère à tous.

Même si je savais que jamais je ne pourrais oublier ce qui m'était arrivé cette nuit-là, il fallait que je reprenne le cours de ma vie. Avant cela, je décidai de prendre mon petit-déjeuner sur la terrasse ombragée, m'offrant un peu de fraîcheur bienvenue. Mes chats profitèrent de l'aubaine pour récupérer quelques câlins au passage. Je savourai une fois de plus la chance que j'avais de bénéficier d'enseignements à travers mes rêves.

Merci la vie. Merci Clara. Merci la Terre de nous héberger, malgré ce que nous te faisons subir. Puissions-nous tous les sept ne jamais l'oublier et lui rendre hommage chacun à notre époque...

Me sentant si redevable envers celle qui nous accueille avec tant d'amour, un proverbe amérindien me revint à l'esprit :

« La Terre ne nous appartient pas, c'est nous qui appartenons à la Terre. »

Un léger souffle vint caresser mes cheveux. Il parcourut tout mon corps, en douceur. Je considérai qu'il s'agissait là de sa première approbation.

# Remerciements

Je tiens à remercier tous ceux qui m'ont encouragée à aller jusqu'au bout de ce récit, à travers leur écoute bienveillante.

Je pense particulièrement à Jean-Baptiste, qui a toujours cru en moi et en cet appel de Gaïa, trouvant des mots de réconfort lorsque je me décourageais. Ma reconnaissance va aussi vers Marie, Aurélie, Jérôme, Christian, Hamda, Alain, Béatrix et ma mère, qui ont accepté de lire la première version de ce manuscrit. Leurs ressentis sur cette lecture m'ont été précieux.

Je remercie aussi les nombreuses personnes qui ont tenté de me décourager à poursuivre. Cette mise à l'épreuve m'a imposé le courage d'oser un cheminement intérieur menant à une introspection parfois douloureuse. En effet, ce n'est jamais agréable de s'opposer à une pensée dominante.

J'ai aussi une pensée affectueuse pour ma fille Héloïse, qui aimait énormément écouter certains nouveaux passages que je lui lisais en guise d'histoire du soir. Elle m'apportait alors son regard d'enfant, frais et spontané, mais toujours pertinent, quel que soit le sujet évoqué.

Durant l'écriture de ce roman, je me suis imprégnée de musique celtique, irlandaise particulièrement, comme un hommage à mon personnage Alan.

Enfin, merci à vous, lecteurs, d'avoir écouté cet appel de la Terre. Puissiez-vous le faire vibrer.

Dans la nuit du 15 août 2018, quelque part dans l'espace ..... 9

Épreuves du passage ................................................................. 18

Dans le Nouveau Monde ............................................................ 25

Début de notre quête. Journée du 15 août ............................ 52

Soir du 15 août, seuls au monde, futur indéterminé ........... 90

Dans la grotte ............................................................................... 98

Séance de Vérité, première partie : soir du 15 août,
période indéfinie ........................................................................ 118

Séance de Vérité, deuxième partie : soir du
15 août 2320 ................................................................................ 141

Séance de vérité, troisième et dernière partie : soir du
15 août 2320 ................................................................................ 168

15 août 2018 : 8 h 30 du matin ................................................ 200

# F-Files

Fantastique, Fantasy, Science-Fiction... Trois genres différents représentés par trois couleurs différentes, mais réunis en une seule et même collection : F-FILES de JDH Éditions. La collection qui vous fera voyager dans d'autres univers.

## Découvrez les autres collections de JDH Éditions

Magnitudes

Drôles de pages

Uppercut

Nouvelles pages

Versus

Les collectifs de JDH Éditions

Case Blanche

Hippocrate & Co

My Feel Good

Romance Addict

B-Files

Les Atemporels

Quadrato

Baraka

Les Pros de l'éco

# L'Édredon

## La revue littéraire de JDH Éditions

Venez découvrir les textes de la revue

**Textes et articles dans un rubriquage varié
(chroniques, billets d'humeur, cinéma, poésie…)**

Suivez **JDH Éditions** sur les réseaux sociaux
pour en savoir plus sur les auteurs,
les nouveautés, les projets…

Inscrivez-vous à notre Newsletter sur
**www.jdheditions.fr**
Pour recevoir l'actualité de nos nouvelles
parutions